은미

은미
반고훈 중편소설

초판 인쇄 2024년 12월 10일
초판 발행 2024년 12월 15일

지 은 이 반고훈
펴 낸 이 양현덕
펴 낸 곳 (주)디멘시아북스
기획편집 양정덕
디 자 인 이희정

등록번호 제2020-000082호
주   소 (16943) 경기도 수지구 광교중앙로 294 엘리치안빌딩 305호
전   화 031-216-8720
펙   스 031-216-8721
홈 주 소 www.dementiabooks.co.kr
이 메 일 dementiabooks@naver.com

ISBN 979-11-990204-7-4 03810

ⓒ 반고훈 2024 Printed in Korea

* 책값은 뒤표지에 있습니다.
* 잘못된 책은 구입하신 곳에서 바꾸어 드립니다.
* 이 책은 저작권법에 따라 보호받는 저작물이므로 내용의 일부 또는 전부를 이용하려면 반드시 저작권자와 (주)디멘시아북스의 동의를 받아야 합니다.

2024 디멘시아 문학상 소설 부문 당선작

은미

반고훈 중편소설

2024
디멘시아 문학상
소설 부문 당선작

2024 디멘시아 문학상 소설 부문 당선작

기억을 잃어버린 지금, 나는 무얼 알고 무얼 보며 살고 있을까.

| 수상 소감 |

소설을 쓰는 일은 참 어려운 것 같습니다. 구상하기도 어렵고, 집필하기도 어렵고, 퇴고하기도 어렵고, 그냥 다 어려운 것 같습니다. 잘 쓰고 싶다는 욕심이 강박을 낳고, 잘 써야 한다는 성화가 두통을 부르지만, 그럼에도 나아지지 않는 형편에 마음은 매일 같이 허해져만 갑니다. 혼자 말하고 혼자 듣는 시간이 늘어날수록 사회성은 줄어들고, 가끔은 아무 이유 없이 눈물이 날 때도 있습니다. 그런데도 제가 글을 포기하지 않았던 이유는 언젠가 내 글이 인정받을 날이 오지 않을까 하는 기대가 있었기 때문입니다. 제겐 너무나 과분한 상을 받았습니다. 진심으로 감사드립니다.

〈은미〉는 2022년 3월에 쓰기 시작해 2024년 2월에 마침표를 찍은 작품입니다. 처음 구상 단계에서부터 애를 많이 먹었습니다. 내가 과연 노인의 마음을 잘 대변할 수 있을까? 치매 환자를 이해할 수 있을까? 걱정이 앞섰던 것 같습니다. 제게 치매란 늘 멀게만 느껴지던 존재라서, 그것이 무엇을 의미하고 무엇을 발생시키는지 온전히 이해하기가 어려웠습니다. 아니, 어쩌면 평생 남의 일이라고만 생각해 왔기에 굳이 이해하려고 하지 않았다는 표현이 더 맞을지도 모르겠습니다. 치매에 걸린 아빠. 치매에 걸린 엄마. 치매 걸린 친구. 치매 걸린 반려견. 한 번도 생각해 본 적이 없던 것입니다.

나름 많은 사례를 연구해 보았지만 저는 결국 끝끝내 치매를 이해하지 못했습니다. 이해하지 못한 채 글을 썼고, 이해하지 못한 채 글을 마쳤습니다. 가장 소중한 것을 잃어 가면서도 정작 그것이 무엇이었는지조차 기억하지 못하는 그 심정을 감히 제가 이해하기란 불가능했습니다. 대신, 기대하는 마음으로 글을 썼습니다. 치매에 걸렸어도 잊지 못할 추억 하나쯤은 가슴 안에 남아 있기를, 사랑하는 사람과 나누었던 대화와 감정이 그 안에 오롯이 담겨 있기를, 보통 소설은 현실을 절대 이길 수 없다는 말을 자주 하곤 하는데 이번만큼은 소설이 이기기를, 이겨 낼 수 있기를, 그렇게 바라는 마음으로 글을 썼습니다. 부디 그 마음이 잘

전달될 수 있었으면 좋겠습니다.

  마지막으로 〈은미〉는 슈노 마사유키(거울 속은 일요일), 미치오 슈스케(광매화 中 숨바꼭질), 오츠이치(쓸쓸함의 주파수 中 잃어버린 이야기), 김영하(살인자의 기억법) 작가님의 작품에서 영향을 받고, 그 외 많은 다큐멘터리와 치매 환자를 간호하는 실제 간병인들의 경험담을 참고하여 만들어졌음을 밝힙니다.

  저는 아직 누군가의 발자취를 더듬어 따라가는 수준에 불과하지만, 언젠간 저도 누군가에게 영향을 미칠 수 있는 좋은 작가가 될 수 있도록 노력하겠습니다. 다시 한 번 큰 상을 주셔서 감사합니다. 열심히 쓰겠습니다.

2024년 가을
반고훈

2024 디멘시아 문학상 소설 부문 당선작

은미

은미

은미는 도시에서 나고 자랐다. 좋은 학교를 나왔고, 성적도 우수했다. 남학생들에게 인기도 많아서 러브레터도 자주 받았다. 지금도 은미는 그때 받은 편지들을 소중하게 보관하고 있다. 어째서 버리지 않느냐고 묻자 "이것도 다 추억이니까요."라고 했다. "추억을 버리는 사람이 어딨어요?"라고.

맞는 말이다.

은미는 젊을 적에 미술을 가르쳤다. 학원에서 일을 하다가 몸이 안 좋아지고부터는 집으로 학생들을 초대해 가르쳤다.

집안엔 은미가 그린 그림들로 넘쳐났다. 다른 화가의 그림을 모방하기도 하고, 창밖 풍경을 그리기도 했다. 가끔은 이해하기 힘든 그림들도 있었다. 단순히 물감을 흩뿌려 놓은 듯한 그림이나 선과 색이 모호한 그림이 그랬다. 미술 감각이 전혀 없던 나로서는 그것들을 어떻게 감상해야 할지 몰랐다.

은미는 그림 속에 작가의 마음이 투영된다고 믿었다. 선 하나하나에 그린 이의 기분이나 성품, 기질 같은 것이 함께 묻어나서 사물과 조화를 이루는 것이라고 생각했다. 그 말은 사실인 듯, 은미는 그날그날에 따라 색채를 다르게 썼다. 날씨가 좋거나 베란다에 놓고 키우는 화분이 잘 자라 준 날에는 밝은 물감을 사용했지만, 기분이 울적한 날에는 어두운색을 썼다.

몇 번이나 집을 이사하면서 오래된 물건들은 전부 버렸지만, 은미가 그린 그림만은 한 점도 버리지 않고 보관하고 있다.

◆ ✦

은미와 나는 나이 차가 많이 났다. 큰 애를 낳을 적에 내 나이 벌써 마흔이었고, 은미는 겨우 스물아홉이었다. 마흔셋에 둘째를 보고 이듬해에 막내딸이 태어났다.

자식 문제로 정말 많이 싸웠다. 다투는 중에 서로에게 상처 주는 말도 더러 했다. 그러나 은미와 헤어지고 싶다고 생각한 적은 한 번도 없었다. 그것은 은미도 마찬가지인 듯, 싸우고 난 뒤에도 꼭 아침상을 차려 주었다.

지금은 자식들이 모두 출가하고 은미와 둘이서 살고 있다. 적적하지 않다면 거짓말이지만 크게 마음 쓸 정돈 아니다. 책도 읽고 종종 마실도 나가고 있다. 자식들도 자주 찾아 주는 편이다. 큰애는 작년에 손주를 봤고, 딸애는 얼마 전에 전화기를 새로 바꿔 주고 갔다. 은미도 나도 기계 만지는데 서툴러서, 그것을 손에 익히는 데 애를 먹었다.

화장실에 들어가서 내가 왜 여기 왔는지 생각했다. 배도 안 아프고 요의도 안 느껴지니 양치를 하러 온 걸까. 그런 생각으로 칫솔을 찾는데 칫솔이 보이지 않았다. 하는 수 없이 새것을 뜯어 치약을 묻히려고 보니 다른 손에 칫

솔 하나를 더 쥐고 있었다. 귀신이 곡할 노릇이었다.

하루는 은미가 옆집에 가자 해서 따라나섰더니 이상하게 쳐다봤다. 이유를 묻자 왜 연장을 안 챙기냐고 도로 내게 물어왔다. 무슨 말인고 하니, 내가 어제 옆집 보일러를 손봐 주기로 했다는 것이다. 기억이 나지 않았다. 나는 은미가 가볍게 말하기에 차라도 얻어 마시러 가는 줄 알았다.

일단 가서 고쳐 주었다. 돌아오는 길에 은미가 내 운동화를 보고 뭐라고 했다. 뒤축을 구겨 신어서 그런가 했는데 운동화가 내 게 아니라 옆집 여자 거였다. 디자인이 같아서 헷갈린 모양이었다. 바꿔 신으려고 옆집을 다시 찾았다. 내 신발을 찾고 나서야 그날 슬리퍼를 신고 나왔던 게 생각났다. 나이를 먹은 탓일까. 요즘은 사소한 게 자꾸 헷갈린다.

나이가 들고부터는 몸에 해롭다며 대부분 집에서 요리를 해 먹지만 가끔은 기분 전환 삼아 배달 음식을 먹을 때도 있다. 우리 둘 다 생선을 좋아해서 회를 자주 시켜 먹는다.

넓적한 회 접시를 사이에 두고 이런저런 이야기를 나누었다. 나는 소주를, 은미는 보리차를 마셨다. 그날따라 회가 질겨 오래도록 씹어야 했다. 분명 죽은 고기를 잡은 거라고 말하자 은미는 눈을 크게 떴다. 그러지 않고서야 이렇게 질길 리가 없다.

귀밑을 옴직옴직 움직여가며 회를 씹고 있는데 은미가 대뜸 내 입에 손가락을 집어넣었다. 깜짝 놀라 묻자 이런 건 먹는 게 아니라고 했다. 그럼 돈 주고 산 걸 버리냐고 소리치자 내가 씹고 있던 게 회가 아니라 장식용 풀이라고 설명했다. 나는 그게 무슨 소린가 싶어 인상을 찌푸렸다. 세상에 풀과 고기를 구분 못할 사람은 없다. 풀은 초록색이다. 초록색 고기는 들어 본 적도 없다.

집 밖에서 길을 잃었다. 술을 사러 가던 길이었나? 그것도 잊어버렸다.

모르는 여자 손에 잡혀 공원 벤치에 앉아 있으니 잠시 후에 은미가 왔다. 은미는 큰 개 앞을 지나는 사람처럼 바짝 긴장한 얼굴로 나를 쳐다봤다.

손을 잡고 집으로 가는 동안 은미는 한마디도 하지 않았다. 집에 도착한 뒤로도 거실 소파에 앉아 멍하니 천장만 바라봤다. 해가 어둑해지고 나서야 정신을 차린 은미는 이것이야말로 가장 중요한 진리라는 듯 힘을 주어 말했다.

"앞으로 혼자서는 절대 밖에 나가지 말아요."

의사가 묻고 나는 대답했다.
"올해 연세가 어떻게 되세요?"
"일흔둘이오."
"오늘이 몇 월 며칠이지요?"
"사월 이십육 일이오."
"요일은요?"
"화요일."

"어제 먹은 저녁 메뉴, 혹시 기억나세요?"

"멸치볶음."

"또요."

"밥."

"또요."

"김치."

"국은 안 드셨어요?"

"먹었지."

"말씀해 보세요."

"그, 그, 그."

갑자기 이름이 생각 안 나서 은미를 쳐다봤다.

"스스로 생각하셔야 해요."

내가 대답하지 못하자 의사는 책상 쪽으로 몸을 돌려 무언가 적었다.

"지금부터 말하는 세 단어를 똑같이 따라해 보세요. 신문, 나비, 선풍기."

"신문, 나비, 선풍기."

"혹시 외우실 수 있겠어요?"

"신문, 나비, 선풍기."

"그래요. 이따가 다시 물어볼 테니까 잘 기억해 두세요."

신문, 나비, 선풍기.

신문, 나비, 선풍기.

"십구에서 삼을 빼면 얼마지요?"

신문, 나비, 선풍기.

신문, 나비, 선풍기.

"어르신, 십구 빼기 삼이요."

"아 외우라고 해 놓고 왜 말을 시켜."

내 말에 의사는 소리 내어 웃었다.

"잘하고 계신데요. 그건 머릿속으로 외우시고 지금은 이 문제에 집중해 보세요. 십구 빼기 삼은 뭐지요?"

나는 무릎 위로 손바닥을 펼쳤다. 손가락을 하나씩 고부려 본다.

"모르세요?"

"모르긴 내가 왜 몰라."

말은 그렇게 했지만 손가락은 아까부터 가위 모양에서 진척이 없다. 답답해서 무릎을 탁탁 내리치고 있자니 은미가 옆에서 나직이 속삭였다.

"틀려도 괜찮아요. 산수 문제가 아니니까."

"자, 그럼 이 말을 거꾸로 따라해 보세요. 이, 팔, 육."

"육, 팔, 이."

"삼, 이, 칠."
"칠, 이, 삼."
"혹시 아까 제가 외우라고 했던 말, 기억나세요?"
가슴이 철렁했다.
"네, 됐습니다. MRI 촬영할게요. 밖에서 잠시만 앉아 계세요."

긴 의자에 은미와 나란히 앉아 기다렸다. 형광등 불빛에 비친 복도 바닥이 여러 발자국으로 더러웠다. "괜찮아요?" 은미가 물었다. 질문이 이해되지 않아 은미를 쳐다봤다. 은미는 무슨 말을 하려다가 생각이 바뀌었는지 도로 입을 다물었다. 시간이 더디게 흘러갔다.

검사대에 누워 천장을 바라봤다.
"소리가 날 텐데 놀라지 마세요."
파란 옷을 입은 남자가 말했다. 말한 직후 시야에서 사라졌다.

 반듯하게 누운 채로 원통형의 기계 안으로 들어갔다. 원통 안에 혼자 남게 되자 문득 겁이 났다. 빛이 번쩍이고 시야가 흔들렸다. 기계가 웅웅 소리를 냈다. 소음이 마음을 불안하게 만들었다. 나는 혼자였고, 사방은 하얀 벽으로 가로막혀 있었다. 눈을 감았다. 머릿속으로 뭔가 좋은 기억을 떠올렸다. 눈꺼풀 안쪽에서 어린 둘째 놈이 고추를 내놓고 거실을 방방 뛰어다녔다.

 "뇌를 얼굴이라고 치면, 여기 가운데 눈처럼 생긴 거 보이세요? 이걸 해마라고 부릅니다."
 의사가 검은 사진을 가리키며 말했다.
 "이게 쪼그라들면 기억력에 문제가 생겨요."
 내 옆에서 은미가 의사 말을 주의 깊게 듣고 있었다.
 "나이를 먹으면 누구나 조금씩은 줄어듭니다. 모든 해마 위축이 알츠하이머를 의미하지도 않고요. 인접 부위에 혈전이 일어났거나 다른 경련성 질환일 수도 있어요. 하지만……."

의사는 볼펜 끝으로 머리를 긁적였다.
"역시, 진행되고 있다고 보는 게 맞습니다."

 치매는 죽을병이 아니다. 아프지도 않고 불편함도 없다. 약만 잘 챙겨 먹어도 훨씬 좋아질 수 있다. 완쾌는 안 돼도 뒤로 늦출 수는 있다. 이제 살면 앞으로 얼마나 더 살겠나. 그때까지 약만 잘 챙겨 먹으면 아무 문제 없다. 걱정할 것 없다. 괜찮다. 괜찮다.
 집으로 돌아오는 택시 안에서 은미는 쉴 새 없이 떠들었다. 나는 멍하니 기사의 뒤통수만 바라봤다. 은미 말이 귀에 들어오지 않았다. 이상하게 마음이 편안했다. 이것도 치매 증세일까? 모르겠다.
 그나저나 기사 양반, 염색할 때 다 됐네.

 은미 아버지는 나를 탐탁지 않게 생각했다. 결혼 허락을 받기 위해 찾아간 자리에서 포부와 이상을 밝혔더니 나더러 뜬구름 잡는 놈이라고 말했다.

"아빠는 몰라요. 이 사람이 얼마나 좋은 사람인지."

은미가 항의했다.

"알 것 없다."

"그럼 왜 보자고 하셨어요."

"이런 놈 데리고 올 줄 누가 알았겠냐."

"놈이라고 하지 말아요."

"일 없으니 이만 가 보거라."

"아빠, 제발요."

"일 없대도."

장인이 탁자를 가볍게 내리쳤다.

"저 이 사람 아니면 안 돼요. 이 사람이랑 결혼할 거예요."

"이놈아, 다 널 위해서 하는 소리야."

"날 위하는 거면 이 사람이랑 살게 해 줘요. 그럼 되잖아요."

"너 이 녀석……."

장인은 평생 말썽 한 번 부려본 적 없던 딸을, 마치 처음 보는 사람처럼 지그시 쳐다봤다.

그날 장인은 어떻게 나를 알아본 걸까.

언젠가 본 외국의 한 TV 선전.

어느 극장에서 사람들이 좌석에 앉아 영화가 상영되기를 기다리고 있었다. 그런데 막상 영화가 상영되자 사람들은 일제히 술렁이기 시작했다. 영화표를 확인하는 사람도 있고, 황급히 극장을 빠져나가는 사람도 있었다. 곳곳에서 불만이 터져나왔다. 전혀 다른 영화가 상영됐기 때문이다.

혼란으로 어지러운 가운데 스크린 화면으로 이런 자막이 올라왔다.

당신은 상영관을 잘못 찾아온 게 아닙니다. 우리는 단지 당신을 경험하게 하고 싶었습니다. 자신의 인지 능력을 잃어버리고 혼란과 혼돈을 느끼는, 100만 명의 알츠하이머 환자가 이미 실제로 겪고 있는 그런 경험을 말입

니다.

그제야 광고임을 이해한 관객들은 깊이 안도하며 박수를 보냈다.
직접 당해 보니 그 장면이 새삼 다르게 다가온다.

은미가 옆에 있다. 어딜 가든 따라왔다. 물 마시러 갈 때도 따라오고, 볼일 보러 갈 때도 따라왔다. 그만 좀 따라다니라고 소리쳤다. 그게 말다툼으로 번졌다. 예전엔 안 그랬는데 은미도 이제 버럭버럭 소리를 지른다. 다 내가 걱정돼서 하는 일이란다.
"걱정할 것 없다고 말한 건 당신이잖아?"
은미는 입을 다물었다.
오늘은 내가 이겼다.

결혼할 적에 내 부모는 이미 세상을 떠나고 없었다. 먹고 사는 게 바쁘다 보니 형제들과도 소원하게 지냈다. 가족이랄 게 없던 나를 장모는 어머니처럼 대해 주셨다. 늘 신경 쓰고, 챙겨 주고, 칭찬을 아끼지 않았다.

장인과는 여전히 껄끄럽게 지냈다. 세월이 흘러 간에 문제가 생기고, 병원에 입원하여 치료를 받으면서도 장인은 나를 마뜩잖게 생각했다.

장인은 병원에서 6개월간 모시다가 돌아가셨다. 아들 셋과 사위 둘이 있었지만 장인 임종은 내가 지켰다. 임종 전에 장인이 말했다. 사람을 잘못 본 것 같다고. 여태 잘해 주지 못해서 미안했다고.

나는 그걸 이제 알았느냐고 따졌다. 딸 걱정은 그만하고 좋은 곳에 가서 편히 쉬시라 말해 주었다. 장인은 버썩 마른 손으로 내 손가락을 잡았다. 그리고 사흘 뒤에 평온한 얼굴로 눈을 감았다.

한날 보니 거실 소파에 책이 수두룩했다. 모두 치매 관련 서적이었다. 은미가 나를 공부하기 시작했다. 나는 이제 은미가 풀어야 할 숙제가 되어 버린 걸까.

뭐든 메모하는 버릇을 들였다. 집안은 메모장으로 넘쳐 났다. 달력 숫자 아래에도 꼼꼼히 채워 넣었다. 가령 이런 식이다.

　아침 먹음.

　점심 먹음.

　저녁 먹음.

　치매 환자는 하루에도 몇 번씩 식사를 하려 든다고 한다. 설마 내가 벌써 그러겠냐마는 미리 조심해서 나쁠 건 없다.

　나이를 먹을수록 겁이 많아진다.

　은미는 하루 종일 위험한 물건을 감추느라 바빴다. 뾰족한 것. 뜨거운 것. 날카로운 것. 빠짐없이 숨겼다.

　하루는 은미가 보이지 않아 집안을 찾아다녔다. 은미는 욕실에 있었다. 변기 커버를 밟고 올라가 선반 안에 또 뭔가를 감추고 있었다.

"뭐 필요한 거 있어요? 자, 거실로 가요."

은미는 나를 발견하고 서두르듯 욕실 문을 나왔다.

분명 나를 생각해서 한 행동이겠지만 어쩐지 기분은 좋지 않았다.

은미는 내게 매일 글쓰기를 시켰다. 글쓰기가 두뇌 회전에 도움이 된다고 했다. 무얼 써야 할지 모르겠다고 말하자 일단 생각나는 대로 써 보라고 조언했다. 나는 잠시 고민한 뒤 연필을 움직였다.

나는 손병주입니다.

나는 경상북도 의성군 금성면 산운리에서 태어났습니다.

나는 2남 1녀를 두었습니다.

나의 큰아들과 작은아들은 서울에 살고, 나의 막내딸은 대구에 살고 있습니다.

나는 야구를 좋아합니다.

나는 고기만두를 좋아합니다.

나는 정돈된 것을 좋아하고, 목욕을 좋아합니다.

나는 식사 후에 꼭 물을 마십시다.
나는 가족을 사랑합니다.
참! 고맙습니다.

점심 무렵에 큰아들 내외가 찾아왔다. 저번 설에 오고 처음이었다.

큰애는 대뜸 자신을 알아보는지부터 물었다. 농담인가 싶어 그냥 웃었더니 큰애도 따라 웃었다.

못 본 새 손주가 많이 자랐다. 신기한 듯 거실을 뽈뽈뽈 기어 다니다가도 나와 눈이 마주치면 그 나이대 특유의 진지한 표정으로 내 얼굴을 관찰했다.

대화 주제는 역시 나의 건강상태였다. 증세가 어떤지, 약은 잘 챙겨 먹는지, 넘어지거나 잠을 설치진 않는지, 많은 것을 궁금해했다. 그때마다 은미가 대답을 해 주었지만 어딘지 모르게 어색하고 불편한 낌새가 느껴졌다.

나는 겨우 눈치채고 자리에서 일어났다.

"아버지, 어디 가세요?"

큰아들이 물었다.

"안방에."

"안방엔 왜요?"

"내가 없어야 편하게 얘기하지 않겠냐."

큰아들과 며느리는 거북한 듯 입을 다물었다. 말을 알아듣지 못하는 손주만이 며느리 품 안에서 파닥파닥 손을 움직였다.

거실에서 대화하는 소리가 들렸다.

"혼자서 괜찮으시겠어요?"

"괜찮아. 걱정할 것 없다."

"밖에서 길도 잃어버리셨다면서요."

"응…… 상태가 좋아졌다, 나빠졌다 해."

"요즘은 시설도 괜찮대요. 친구 아버지가 시설에 계신데, 식사도 잘 나오고 다른 분들이랑 같이 어울리면서 재밌게 사신대요."

"그러니……."

"어머니 혼자 힘드시잖아요. 물론 저희가 모시면 좋겠지만—"

"예끼, 그런 소리 마라. 애 키우기도 힘들 텐데."

"걱정돼서 하는 말이에요. 지금은 괜찮아도 언제 다시 심해질지 모르잖아요. 집에서 돌보는 것도 한계가 있고."

"……나중의 일이야. 아직은 이 집에 두고 싶어. 나를 못 알아보는 것도 아니고."

"힘드시면 언제든 말씀하세요. 부담 갖지 마시고요."

"그래, 알았다. 나중에. 나중에."

손주가 대화를 가로막듯 우앵 울음을 터뜨렸다.

자신의 이름마저 잊어버리는 노인들이 있다. 그런 현상은 남자보다 여자에게서 더 많이 나타난다고 한다. 평생을 누구의 아내, 누구의 엄마로 불려 온 탓에 정작 자신은 누구였는지 잊어버리게 되는 것이다.

다행히 나는 내가 누구인지 안다. 이름도 안다. 아내와 자식새끼 이름도 까먹지 않았다. 언제까지고 까먹지 않을 자신이 있다.

"아버지, 저희 가요."

등 뒤에서 목소리가 들렸다.

"애들 간다는데 안 나와 볼 거예요?"

"아버님."

목소리가 들려도 나는 계속 모른 척했다. 돌아누워서 컴컴한 벽지만 노려봤다.

"주무시나 봐. 오늘은 이만 가."

잠시 후 문이 닫히고 발소리가 멀어졌다.

나이를 먹을수록 속만 자꾸 좁아진다.

갑자기 죽은 할머니 집이 생각났다.

할머니는 남편을 일찍 여의고 절골 산속에서 홀로 여생을 보냈다.

그곳은 아늑하고 조용한 곳.

가만히 숨을 들이마시면 쌉싸래한 풀냄새와 흙냄새가 코를 간질인다.

밖에서는 산비둘기가 울고, 개미가 문지방을 기어 다닌다.

그리운 정경이다.

✦✧

치매를 앓고부터 밥상 위에 생선이 자주 올라온다. 어제는 꽁치, 오늘은 고등어다.

"생선이 뇌 건강에 좋대요."

내가 밥숟가락을 뜨면 은미가 그 위에 고등어 살점을 올려 준다. 나는 그것을 입에 넣는다. 밥알이 입술에 붙는 것이 재미있다.

"숟가락을 똑바로 쥐어야지, 그렇게 잡는 사람이 어딨어요. 자, 이게 아니라 이렇게."

은미가 내 손 모양을 바로잡아 준다. 나는 금세 불편함을 느끼고 은미 손을 뿌리친다.

"어휴, 아무튼 고집불통이라니까."

은미가 생긋이 웃는다. 눈가에 주름이 생긴다.

밥그릇에는 그림이 그려져 있다. 삿갓을 쓴 남자가 나룻배에 올라타 힘껏 노를 젓고 있다. 남자의 머리 위에 달이 떠 있고 새가 그 밑을 날아다닌다.

나는 그림의 뒷면을 보기 위해 밥그릇을 돌린다. 그러

다 밥그릇에 올려둔 숟가락이 밥상 아래로 떨어진다. 어휴. 은미가 한숨을 내쉬며 식탁 아래로 몸을 숙인다.

"조금만 얌전하게 먹어 주면 좋을 텐데."

은미가 숟가락에 붙은 밥알을 쪼아 먹으면서 나직이 중얼거린다.

오후에 딸아이에게서 전화가 왔다. 벨소리는 울리는데 전화기를 찾지 못해서 한참 애를 먹었다. 전화기는 줄로 엮어 내 목에 걸려 있었다.

"밥은 먹었어?"

"그래, 벌써 먹었지."

"뭐 먹었어?"

"네 엄마가 해 주는 게 맨날 똑같지, 뭐."

"말해 줘 봐. 뭐 먹었는지."

"고등어. 네 엄마는 요새 맨날 생선만 구워 준다."

"아빠 생선 좋아하잖아."

"좋아하지."

"맛있었어?"

"그래, 맛있었다."

"운동은? 운동은 하고 있어?"

"네 엄마랑 동네 한 바퀴씩 돌고 있다."

"빠지지 말고 운동 열심히 해야 돼. 엄마한테 다 물어볼 거야."

"그래, 그래."

딸아이는 통화를 마칠 때마다 꼭 퀴즈를 하나씩 냈다.

"어제 전화 끊으면서 내가 했던 말, 기억나?"

"어제?"

"응. 어제."

"글쎄."

"잘 생각해 봐."

나는 생각하고 딸아이는 침묵했다. 수화기 너머로 바람 소리가 작게 들려왔다.

나는 대답하지 못했다.

"분명 내일 다시 물어볼 거라고 했는데……."

"미안하다."

"사랑한다고 했잖아. 아빠 사랑한다고."

"그래, 그래. 나도 우리 딸 사랑한다."

"내일 또 물어볼 거야. 알겠지?"

"그래, 알겠다."

"엄마 좀 바꿔 줄래?"

은미에게 전화기를 건넸다. 은미는 굳이 자리를 옮겨 전화를 받았다.

요즘은 집집마다 외국에서 시집온 여자들이 참 많다. 중국 사람, 태국 사람, 필리핀 사람, 베트남 사람, 캄보디아 사람. 국적도 다양하다. 동네 사람들은 어떻게 말도 안 통하는 사람과 함께 살 수 있는지 궁금해했다. 나는 가능하다고 봤다. 나도 한때 그렇게 산 적이 있었다. 딱히 다투거나 서운한 일 없이 은미와 얼마간 대화를 하지 않고 살았었다. 밥시간이 되면 밥을 먹고, 잘 때가 되면 잠을 잤다. 그래도 우리는 한 이불을 덮고 살았다. 같이 살아가는데 꼭 언어가 필요한 것은 아니다.

예전만큼 했는데 몸이 따라 주지 않는다.

갈수록 그 격차가 줄어든다.
일 년 전과 오늘이 다르다.
한 달 전과 오늘이 다르다.
일주일 전과 오늘이 다르다.
어제와 오늘이 다르다.
아침과 저녁이 다르다.
사는 게 점점 더 힘이 든다.

혼자서 할 수 있는 일이 점점 줄어들고 있다. 단추도 꿰지 못하고 젓가락질도 어렵다. 머리를 감으면 늘 뒷덜미에 거품을 묻히고 나왔다. 가끔은 볼일을 본 뒤에 뒤처리를 까먹기도 했다. 그럴 때마다 은미는 "완전 어린애라니까!" 하고 말하며 내 보조를 맞추었다.

은미 말대로 나는 어린애가 돼 버렸는지도 모른다. 먹는 것과 못 먹는 것의 경계가 모호해지고, 과거와 망상을 헷갈려 한다.

치매는 꼭 눈으로 보고 있는데도 당해 버리는 지독한 야바위 노름 같다.

했던 말을 계속 반복한다. 물어본 말을 또 물어보고, 구체적인 단어 대신 '그것'으로 표현하는 경우가 많아졌다.

말을 하기가 점점 무섭다. 혹시 저번에 물어본 말이 아닐까, 겁부터 났다. 은미는 그럴수록 말을 많이 해야 한다고 충고했지만 쉬운 일이 아니다. 나는 매번 망설였다. 치매가 무서운 이유는 남에게 피해를 주기 때문이다. 나의 경우, 은미가 그렇다. 이 나이에 단어를 잊어버리는 것쯤은 아무것도 아니지만 은미를 고생시키는 것은 무섭다. 아무리 심성이 착한 사람이라도 같은 말을 여러 번 듣다 보면 짜증이 나기 마련이다.

은미가 떠날까 봐 무섭다.

가끔은 놀랍도록 정신이 또렷해진다.

아버지가 쓰시던 중절모.

어머니가 즐겨 입던 주름치마.

할머니 옷에서 나던 쿰쿰한 내.
벽지에 새겨넣던 연필 글씨.
좋아하던 문방구집 계집아이.
친하게 지내던 동네 친구들. 형, 누나, 동생들.
모두 생각난다.
모두 기억하고 있다.
나는 정말 치매가 맞는 걸까?
뭔가 착오가 있진 않았을까?
매일 의심하며 살아간다.

큰애가 국민학교에 입학할 무렵이었다. 집안엔 아무도 없었다. 나는 출근을 했고, 은미는 부엌에서 일을 보고 있었다.

막내딸을 거실에 눕혀 놓았다. 딸은 이불을 배에 덮고 천장만 바라보고 있었다. 둘째 놈이 노래를 흥얼거리며 거실을 뛰놀았다. 그러다 딸아이의 배를 쿡 밟고 지나갔다. 순식간에 벌어진 일이었다.

딸아이는 한동안 숨을 쉬지 못했다. 눈을 크게 뜨고

금방이라도 울음을 터뜨릴 것처럼 얼굴이 벌게졌다. 그러나 정작 울음을 터뜨린 건 딸아이가 아니라 둘째 놈이었다. 동생의 배를 쓰다듬으며 연신 미안하다고 울어댔다. 땀에 젖은 머리카락이 이마에 내 천(川)자로 붙어 있었다. 딸아이는 그 얼굴을 올려다보며 한 박자 늦게 까르르 웃음을 터뜨렸다.

그때의 장면이 자꾸만 머릿속에 떠오른다. 그러나 그것은 있을 수 없는 일이다. 왜냐하면, 그날 나는 집에 없었으니까. 꿈이라도 꾼 걸까. 모든 게 뒤죽박죽이다.

나는 한평생 버스를 몰았다. 매일 같은 시간, 같은 경로를 돌며 비슷한 얼굴들을 봐 왔다. 길을 잘못 든 적도 없고, 특별한 사고가 있지도 않았다. 그야말로 무료하고 담담한 인생이었다.

소위 쳇바퀴라고 부르는, 그때의 하루하루가 지금은 몹시도 그립게 느껴진다. 가야 할 길을 알고, 멈춰야 할 때 멈추는 것이 지금의 나에게는 불가능하다.

지금 운전대를 잡으면 나는 그때처럼 달릴 수 있을까.

아마 불가능하리라. 어느 정류장에 서야 하는지도 모른 채 앞만 보며 달리다 마주 오는 차를 들이받고 전복되겠지. 한 번에 그치지 않고 두 번, 세 번, 멈출 때까지 계속해서 들이받겠지. 내 머릿속이 지금 그렇다. 누군가를 들이받지 않고서는 좀처럼 멈추질 못하는 것이다.

운전 하나만큼은 자신 있었는데, 이제는 겁이 나서 밖에 나가지도 못한다.

은미가 내 지침서다. 내가 기억하지 못하는 것을 은미가 대신 기억해 준다. 은미의 말을 믿는다면 오늘은 4일이 아니라 10일이다. 2월이 아니라 10월이며 처음 병원을 방문했을 때부터 3년이 지났다. 오늘 아침은 먹었고 점심은 먹다가 토를 했다. 베란다 문을 못 열어서 씨름하고 TV 리모컨이 장롱 안에서 나왔다.

그리스 신화 중에 '테세우스의 배'라는 역설이 있다. 미노타우로스를 죽인 후 아테네로 귀환한 테세우스를 기리기 위해 사람들은 그가 타고 온 배를 오랫동안 보존했다. 그러나 나무로 만든 배였기에 세월이 지남에 따라 보수할 곳이 많아졌다. 판자가 썩으면 낡은 판자를 떼버리고 튼튼한 새 판자를 끼워 넣었다. 보수할 때마다 새것으로 바꾸었으므로 나중에 이르러서는 본래 배를 이루던 재료는 하나도 남지 않게 되었다. 그렇다면 그 배는 과연 테세우스의 배라고 부를 수 있을까? 은미의 기억으로 사는 나는, 진짜 나라고 할 수 있을까?

 TV에서 치매 관련 프로그램을 하면 은미는 하던 일을 멈추고 꼭 TV 앞에 앉는다. 마치 그것이 족집게 강사라도 되는 것처럼 끝날 때까지 쭉 같은 자세로 앉아 있는다. 오늘은 어느 요양 시설이 소개되었다. 젊은 여자가 앞에 나와서 춤을 추자 노인들이 어색하게 그 동작을 따라 했다.

 자신을 요양원장이라고 소개한 남자는 엄숙한 표정으로 이렇게 말했다. "치매는 마라톤입니다. 혼자 뛰어서는 절대 완주하지 못해요. 앞서거니 뒤서거니 해도 옆에서 함께 뛰어 주는 사람이 있어야 비로소 끝까지 달릴 수 있는 겁니다."

은미가 고개를 끄덕끄덕 움직였다.

요즘은 만나는 사람마다 날 기억하냐고 묻는다. 꼭 세 살배기 어린애를 대하는 것 같다. 무례함에 역정을 내면 오히려 이쪽이 별난 사람 취급을 받는다. 치매 때문에 끼치는 손해가 이만저만이 아니다. 나는 항상 틀리고 저들은 항상 맞다. 정말 그럴까? 화투꾼 사이에 둘러싸인 호구가 된 기분이다.

정 계장과는 알고 지낸 지 20년이 훌쩍 넘는다. 그는 사고로 아내를 먼저 떠나보내고 지금은 혼자서 작게 대추 농사를 짓고 있다. 면사무소에 다닐 적 직함을 따서 다들 편하게 정 계장이라고 부른다. 나이는 나보다 두 해 밑인데, 출생신고가 늦어진 것뿐이라 나와는 서슴없이 지낸다. 예전에는 만나서 바둑도 자주 뒀었는데 내가 이렇게 되고부터는 간간이 찾아와 얼굴만 비추고 있다.

"좀 어떤가?"

정 계장이 물었다.

"나야 늘 똑같지."

"그래도 용케 내 얼굴은 안 까먹고 있었네."

"사람 얼굴은 잘 잊어버리지 않아."

"정말 그런가?"

뭐가 웃긴지 정 계장은 눈꼬리를 올리며 껄껄껄 웃어 댔다.

"그래, 간병인은 구했고?"

"간병인은 필요하지 않아."

"간병인이 어디 자네 때문에 필요한가? 자네 부인 때문에 필요하지."

"집사람이 왜?"

"부인이 자네만 보고 살 수는 없는 노릇 아닌가. 가끔은 자유시간도 줘야지."

"나는 병자가 아니야. 아직까진 혼자 힘으로 다 해내네."

"하여간 그 똥고집은 여전하구먼. 부인이 고생이겠어."

정 계장은 웃으며 무릎을 두들겼다.

"그나저나 날이 갈수록 안 아픈 데가 없네. 당뇨에, 혈

압에, 관절염까지."

"집에서 쉬면 될 일 아닌가."

"쉬면 쉬는 대로 좀이 쑤셔서 안 돼. 몸이라도 꿈쩍거려야 덜 아프지. 자넨 좋겠어. 아픈 것도 금세 잊어버릴 수 있어서."

"치매에 걸렸다고 아무거나 잊어버리진 않아."

"정말?"

"그래."

"그럼 내 한 가지만 물어봄세. 만약 내일이 되어서 어제 일을 물어보면, 자네는 확실히 오늘 일을 대답할 수 있겠는가?"

나는 잠시 생각한 뒤 고개를 끄덕였다.

"사소한 건 잊겠지만 자네와 나눈 이야기는 기억하지."

"그게 어제 일인지 어떻게 알고?"

"뭐?"

"자네가 기억하는 어제가 진짜 오늘인지 어떻게 장담하냐 말일세."

"그야 틈틈이 메모도 하고 있고—."

정 계장은 내 말을 가로막듯 고개를 흔들었다.

"기억은 기록으로 잡아 둘 수 있는 게 아니야. 내 예를 하나 들어 볼까?"

정 계장이 검지를 세우고 말했다.

"자네는 아까부터 나를 정 계장이라고 부르고 있지. 그 이유가 뭔가?"

"뭐냐니, 이 사람아. 자네가 정 계장이니까 정 계장이라고ㅡ."

"어딜 봐서?"

"뭐?"

"내가 어딜 봐서 정 계장 같다는 거지?"

"그, 그야……."

"자네 눈엔 내가 정 계장으로 보이나?"

정 계장은 치켜뜬 듯한 눈으로 나를 바라봤다. 나는 입을 다물었다. 좁은 방에 한순간 정적이 흘렀다.

잠시 후 정 계장이 픕, 하고 어금니 사이로 바람을 흘렸다.

"으하하. 장난일세, 장난. 뭘 그렇게 진지한 얼굴을 하고 있어."

정 계장은 어깨를 들썩이며 웃었다. 긴장이 한꺼번에 풀리면서 내 몸은 바람 빠진 타이어처럼 축 늘어졌다.

"사, 사람 참 싱겁기는. 실없는 농담이나 하고……."

"미안허이, 미안허이. 으하하."

한참을 웃어대던 정 계장은 문득 아쉽다는 듯이 이렇게 중얼거렸다.

"이젠 자네한테 장난도 못 치겠구먼. 치매에 걸리더니 매사에 진지해졌어. 예전엔 안 그랬는데……."

은미는 그림 그릴 때 가장 행복해 보인다. 학생들 가르칠 적이 생각나는지 그릴 때마다 싱글벙글이다. 그 얼굴을 옆에서 지켜보는 건 즐겁다. 늙은 남편 수발이나 하는 여자가 아니라 꼭 사랑에 빠진 소녀 같다.

은미의 그림은 나를 편안하게 만든다. 해 저문 밤이라든지, 바구니에 담긴 과일이라든지, 눈 쌓인 포도밭이나 앙상한 나뭇가지도 좋다. 그중 가장 마음에 드는 것은 단연 인물화다. 은미 본인의 자화상도 있고, 내 얼굴도 있다. 그림 속의 나는 항상 밖을 향해 시무룩해져 있다. 눈썹을 오므리고 입을 앙다문 모습이다. 간혹 이를 드러내고 웃는 모습도 있지만 진짜로 행복해서 웃는 건 아니다. 나 같은 문외한이 보더라도 눈치챌 정도이니 어쩌면 은미는 처음부터 그럴 목적으로 그린 건지도 모르겠다.

그러고 보니 네덜란드 태생의 한 미술가도 이런 말을 남겼더랬지.

"다른 사람들 눈에는 내가 어떻게 비칠까. 보잘것없는 사람. 괴벽스러운 사람. 비위에 맞지 않는 사람. 사회적 지위도 없고, 앞으로도 어떤 사회적 지위도 갖지도 못할, 한마디로 최하 중의 최하급 사람. 그래, 좋다. 설령 그 말이 옳다고 해도 언젠가는 내 작품을 통해 그런 기이한 사람, 그런 보잘것없는 사람의 마음속에 무엇이 들어 있는지 보여 주겠다."

혹시 은미도 그림을 통해 뭔가 하고 싶은 말이 있던 게 아닐까.

다른 건 몰라도 〈TV 동물농장〉은 매주 챙겨 본다.

오늘은 3년 만에 주인을 만난 유기견이 소개되었다.

처음에는 주인을 알아보지 못하고 슬쩍슬쩍 냄새만 맡다가 이윽고 꼬리를 미친 듯이 흔들며 껑충껑충 뛰어올랐다.

개는 좋아하는 사람의 냄새를 평생토록 잊지 않는다고 한다.

개가 사람보다 낫다.

나는 평생 살면서 술은 마셔도 담배는 피워 본 적 없다. 아버지가 폐암으로 돌아가셨기 때문이다. 내 나이 열아홉에 아버지가 돌아가셨다. 아버지는 말했다. "너는 담배 안 배운 걸 평생 감사하게 생각해야 한다." 그때는 그저 고개를 끄덕이고 말았는데 이제는 나도 할 말이 생겼다. "아버지, 아버지는 더 늙기 전에 죽은 걸 감사하게 생각하쇼."

돌아가실 적 내 아버지, 겨우 쉰둘이었다.

나보다 스무 살이나 젊었다.

한날 냄비를 태워 먹으니 은미가 간병인을 부르자고 했다. 나는 그런 건 필요 없다고 말했다. 그게 말다툼으로 번졌다.

"위험하잖아요. 위험해서 안 돼요."

"글쎄, 필요 없다니까."

"그러다 불이라도 나면 어쩌려고요?"

"이 사람아, 내가 집을 왜 태워 먹나."

"이게 벌써 몇 번짼 줄 알아요?"

"몇 번은 무슨. 내가 그런 것도 기억 못할 줄 알아? 정 걱정되면 당신이 집에 있으면 되잖아."

"어떻게 매일 그래요. 장도 봐야 하고 은행도 다녀와야 하는데."

"아 글쎄 필요 없다면 필요 없는 줄 알아."

"여보."

"쓸데없는 소리 그만하고 가서 물이나 내와!"

소리를 빽 지르고 안방으로 들어갔다. 잠시 후 부엌에서 찻잔 부딪치는 소리가 났다.

이겼다고 생각했다. 그런데 이 진 것 같은 기분은 뭐지?

치매에 걸리고 나니 마음마저 혼란스럽다.

♦✧

메모는 꾸준히 하고 있다. 그러나 기억에 없는 기록은 무의미했다. 오히려 혼란만 가중시킬 뿐이다. 가령 이런 식이다.

〈은미에게 단어 뜻 물어보기〉

이렇게만 써 놓으면 무슨 단어였는지 알 수가 없다.

〈박수를 열심히 쳐라〉

보충 설명이 없으니 그저 난감하기만 하다.

〈밤 8시 45분. 테레비 시청〉

뭐가 그렇게 보고 싶었던 걸까.

〈모으미야 오노히후 쟈쟈쟈 바라무보 아샤라〉

이건 대체 무슨 뜻일까.

이제는 혼란스럽다 못해 무서울 지경이다.

치매에 걸린 뒤로 은미는 거의 매일 음악을 틀어 놓는다. 음악이 감정을 일깨우고, 그 감정이 기억을 불러온다고 한다. 효과는 없지만 듣기에 나쁘지 않으니 그냥 내버려둔다.

오늘은 바흐의 평균율 1번.

나는 말주변이 없는 편이다. 평소에도 그런데 은미와 연애할 적에는 더 심했다. 만나면, 주로 은미가 질문을 하고 나는 대답만 했다. 우리 만남에는 침묵이 많았다. 같이 앉아 풍경을 감상하거나 하늘을 구경했다. 비가 오면 고마웠다. 빗소리가 시간을 윤택하게 만들었다.

그래도 금방 헤어지기는 싫어서 밤이 늦어지면 말을 많이 했다. 말을 하는 만큼 은미를 잡아 둘 수 있었다. 눈앞에서 버스를 몇 번이나 보냈다.

내가 말을 하면 은미는 옆에 앉아 음미하듯 이야기를 들었다. 도중에 어려운 말이 나오면 힐끔 내 얼굴을 쳐다봤다. 알아듣기 쉽게 설명해 주면 그제야 이해했다는 표정으로 고개를 끄덕끄덕 움직였다. 그때의 모습과 지금의 모습에 크게 차이가 없다. 참 고마운 일이다.

은미가 책을 한 권 사 왔다. 세이 쇼나곤의 「마쿠라노소시」. 천년도 더 된 이야기인데 문장에 흥취가 있다. 머리맡에 두고 생각날 때마다 읽는다. 이런 문장은 특히 좋다.

> 산꿩은 친구가 그리워서 울 때 거울을 보여 주면, 거울에 비친 자기 모습이 친구라고 생각하고 울음이 뚝 그친다고 하니 그 순진한 구석이 애처롭기만 하다. 또 자웅이 서로 계곡을 사이에 두고 밤에 떨어져서 잔다는 것도 마음이 짠하다. 새 중에서는 원앙새가 의리가 있다. 밤에 자웅이 서로 교대로 날개 위에 하얗게 내린 서리를 털어 준다.

지금도 종종 버스 모는 꿈을 꾼다. 정처 없이 도로를 달리다 보면 정류장에 한 사람씩 꼭 서 있다. 그 사람은 아버지일 때도 있고, 어머니일 때도 있다. 태워주고 싶은데 멈추는 방법을 모른다. 나는 정면을 향해 달릴 줄만 안다. 그렇게 몇 바퀴를 돌고 나서야 겨우 잠에서 깬다.

"여기서 잠시만 기다려요."

초인종이 울리자 은미는 내게 당부하듯 말하고 현관으로 나갔다. 막 아침을 먹은 참이었다.

나는 호기심이 동해 은미를 따라나섰다. 부엌 커튼에 숨어서 현관을 바라봤다. 현관에는 안경을 쓴 중년 남자가 서 있었다. 키는 작지만 인상이 날카로웠다. 파충류를 연상시키는 눈빛이었다.

중년 남자는 나를 보더니 한순간 얼굴 근육을 딱딱하게 긴장시켰다. 남자의 시선을 알아차렸는지 은미가 허둥대며 내게 다가왔다.

"손님이 오셔서 그런데 잠시만 방에 가 있을래요?"

내 집인데 내가 피할 이유가 어디 있겠는가. 나는 싫다고 대답했다.

웬만하면 내 말을 들어주던 은미도 이번만큼은 단호하게 제지했다.

"잠깐이면 돼요. 네?"

하는 수 없이 은미 말을 듣기로 했다. 은미 손에 이끌려 방으로 향하면서 나는 남자를 돌아봤다. 남자도 나를 보고 있었다. 우리는 한참 동안 서로를 노려보았다.

방문을 닫으려는 은미에게 나는 재빨리 물어보았다.

"누구?"

은미는 목덜미를 문지르며 대답했다.

"보험사에서 나왔어요. 당신 보험 때문에."

"그럼 내가 나가 봐야지."

"내가 이야기하면 돼요. 괜찮아요. 잠깐이면 돼요. 금방 끝날 거예요."

은미는 방에 나를 남겨두고 문을 닫았다.

은미는 왜 내게 거짓말을 하는 걸까. 은미는 거짓말을 할 때마다 목덜미를 만지는 버릇이 있었다. 치매에 걸렸어도 아내의 버릇은 잊어버리지 않는다. 남자는 누굴까. 누구길래 나를 노려보는 걸까.

마음 같아서는 당장 거실로 나가 물어보고 싶지만 나는 은미가 돌아올 때까지 기다리기로 했다. 치매 때문이다. 내가 조금만 흥분해도 사람들은 그것을 치매 증상으로 여긴다. 궁금한 건 참을 수 있어도 무시당하는 건 못 참는다. 정신병원에 강제 입원 된 사람이 이런 심정일까. 더러운 기분이다.

✦✧

문득 정신을 차리니 눈앞에 정 계장이 앉아 있었다. 불 꺼진 방 안이었다.

"그러니까 자네는 그 사람을 전혀 모른다는 거지?"

정 계장이 눈썹을 오므리며 말했다. 무슨 이야기를 하고 있던 건지 전혀 기억나지 않았다.

"그 사람이라니?"

"어허, 사람 참. 자네가 방금 말하지 않았는가. 오늘 아침에 모르는 남자가 찾아왔었다고."

나는 곧바로 그 도마뱀 같은 얼굴을 떠올렸다.

"그래, 그래. 맞아. 놈이 집에 왔었지."

"무슨 말을 나눴는지는 알고 있나?"

나는 머리를 흔들었다.

"엿듣지도 못했어?"

"말을 조심하는지 방에서는 들리지 않더군."

허, 하고 한숨을 내쉬며 정 계장은 팔짱을 꼈다.

"이거 보통 일이 아니구먼."

"보통 일이 아니라니?"

"그 남자 행색이 어땠다고?"

"비루했지. 아니, 평범하다고 해야 할까. 분명 보험사로는 안 보였어. 양복을 입진 않았다네."

"보험사라고 해서 꼭 양복을 입진 않아."

문제는 그게 아니라, 하고 정 계장은 말을 이었다.

"어째서 두 사람의 대화 내용을 자네가 들으면 안 됐냐 이거야."

듣고 보니 그랬다.

"정말 부인 말대로 보험사였다면 자네가 옆에 있는 편이 더 도움이 되지 않았을까? 보험사라는 작자들은 어떻게든 돈을 안 주려고 드니까 말이야. 자네 증상을 눈으로 직접 확인시켜 주는 편이 유리하지 않겠어?"

"증상이라니. 가끔 깜빡할 때는 있지만 겉으로 드러날 정도는 아닌데."

"그거야 자네 생각이고." 정 계장은 어깨를 들썩이며 웃었다.

"어쨌든, 부인은 자네가 치매라는 사실을 알면서도 굳이 대화 내용을 숨기려고 했어. 그럴 필요가 있었을까?"

"그게 무슨 말이지?"

"그렇잖은가? 어차피 자네는 말을 들어도 금방 잊어버릴 텐데, 왜 방으로 들여보냈냐 이 말일세."

그 말에 나는 적잖이 화가 났다.

"여봐, 나도 듣는 귀가 있네. 들은 걸 금세 잊어버리진 않아."

"정말? 그럼 자네, 어제 우리가 무슨 말을 나눴는지 기억하고 있나?"

"어제? 어제……."

나는 입을 다물었다. 정 계장이 거 보란 듯이 눈썹을 실룩거렸다.

"그것 보게. 당장 어제 일도 기억 못하지 않은가?"

"자네가 어제 우리 집에 왔던가?"

"왔었지."

"무슨 말을 했지?"

"한 번 천천히 생각해 보게. 숙제야, 숙제."

그런데 말이야, 하고 정 계장은 말을 이었다.

"당분간 그 남자 얼굴은 기억해 두는 게 좋을 것 같군."

나는 고개를 끄덕였다.

"그건 걱정 말게. 사람 얼굴은 쉽게 안 잊어버리니까."

그때 등 뒤로 문이 열렸다. 우리 둘은 재빨리 입을 다물었다.

"왜 이렇게 어둡게 하고 있어요."

은미가 말했다.

"과일 드실래요?"

나는 뒤도 돌아보지 않고 고개를 끄덕였다.

"알았어요. 잠시만 기다려요."

은미가 나가자 정 계장이 끌끌끌 웃기 시작했다.

"왜 웃지?"

"이 사람아, 이걸 보고 어떻게 안 웃을 수 있겠는가?"

나는 주변을 돌아봤다. 불 꺼진 방 안이다. 웃음을 자아낼 만한 건 어디에도 없었다.

"가르쳐 줘. 왜 웃은 거야?"

"자네 스스로 맞춰 보게. 이것도 숙제야."

숙제. 숙제. 숙제. 늘그막에 뭔 숙제가 이렇게 많은지, 원.

갑자기 생각난 고전 유머.

옛날에 한 고등학교에 경상도 학생이 전학을 왔다.

선생님이 말했다.

"너 이름이 뭐니?"

학생이 말했다.

"안득갑니더."

선생님은 목소리를 높여 다시 물었다.

"너 이름이 뭐니?"

학생은 대답했다.

"안득깁니더."

화가 난 선생님은 이렇게 소리쳤다.

"이름을 말해 보라고, 네 이름을."

학생은 말했다.

"안득깁니더."

선생님은 뒷목을 잡았다.

"너 지금 선생님이랑 장난하니?"

"아닙니더."

"그럼 말해 봐. 네 이름이 뭔지."

"안득깁니더."

진실을 말해도 믿지 않는 아이러니.
깊이 공감한다.

내가 결혼을 늦게 한 이유는 어머니 병수발을 해야 했

기 때문이다.

아픈 남편을 대신해 어머니는 우리 오 남매를 홀몸으로 키워 냈다. 그게 병이 되어 늦은 나이에 암 수술을 두 번이나 받았다.

다른 형제들은 모두 결혼을 한 상태였다. 막내 여동생은 시집을 가진 않았지만 어머니 모실 형편이 안 되었다. 하는 수 없이 내가 모실 수밖에 없었다.

낮에는 버스를 운전하고, 저녁에는 어머니를 돌봤다. 병원비는 하루라도 쉬면 위험했다. 다른 일에 눈 돌릴 여기가 없었다.

어머니를 보내고 나니 내 나이 벌써 사십 줄에 접어들고 있었다. 그 나이 되도록 연애 한 번 못해 본 인생이 야속했다. 매일 술로 외로움을 달랬다. 나를 불쌍하게 여긴 동료가 맞선을 주선해 주었다. 사거리에 위치한 작은 다방에서 은미를 처음 만났다. 나이는 어렸지만 경험에서 보자면 은미가 나보다 월등히 나았다. 연애 경험도 있고, 사람을 대하는데 거부감이 없었다.

결혼하고 얼마간은 마음이 영 부루퉁했다. 나는 못 누려보고 산 걸 은미는 누려 보고 살았다. 그 사실이 아니꼽고 언짢았다. 그러나 지금 와 생각해 보면 그게 얼마나 다행인지 모른다. 내가 그랬듯이 만약 은미도 내가 처음 만난 남자였다면 나는 얼마나 부끄럽고 죄스럽게 생각했을까. 지금도 이렇게 무너질 걸, 그랬다면 얼마나 원통하게 생각했을까.

늦게 만나서 천만다행이다.

저녁 무렵, 모르는 여자가 집을 방문했다. 살집 있고 유하게 생긴 여자였다. 나이는 오십 정도 됐을까. 여자가 나를 알은체하며 먼저 인사를 해 왔다.

"날 아시오?"

"그럼요. 잘 알죠."

여자는 강조하듯 '잘'을 길게 늘어뜨렸다.

"저희 집 보일러도 고쳐 주셨잖아요."

"내가?"

"네, 어르신이요."

여자는 입술을 오므려 호호호 웃었다. 사람 좋아 보이는 웃음이다. 거짓말하는 것 같진 않았다.

"오늘은 손님이 참 많구먼. 아침부터 저녁까지."

"어머. 저 말고 또 누가 왔었나요?"

"보험사에서 왔었지. 오후에는 친구 놈도 하나 찾아오고."

여자는 확인하듯 은미를 바라봤다. 은미는 난처한 듯 고개를 숙였다.

"……먼저께 손님이 좀 오셨어요."

"그래요? 잘됐네요! 사람을 만나는 건 좋은 일이랍니다."

여자는 과장되게 손뼉을 짝 마주쳤다.

"그렇게 생각하시오?"

"그럼요."

"교회에서 나왔소?"

"네?"

"말을 하도 잘하길래."

내 말에 여자는 깔깔깔 웃었다.

"죄송해요, 어르신. 저는 절에 다닌답니다."

"하하, 그렇구먼. 요즘은 절에서도 예배드리나?"

내 농담에 여자는 다시 한 번 웃음을 터뜨렸다.

"그럼 천천히 놀다 가쇼. 치매 노인은 이만 물러갈 테니."

"어머. 안 그러셔도 되는데."

"아니야. 내가 옆에 있어 봐야 방해만 되지. 대신 맛있는 거 먹을 땐 꼭 부르라고."

여자가 또 한 번 웃었다. 하하호호 웃음이 끊이질 않는다.

나는 오늘 사람을 참 많이도 웃긴다.

저녁 밥상에 두부가 한가득이다.

두부전. 두부조림. 두부찌개.

이게 다 뭐냐고 묻자 두부에 들어 있는 레시틴 성분이 뇌를 건강하게 한다고 한다.

"소화에도 좋고요."

은미가 두부를 먹기 좋게 잘라 내 밥그릇 위에 올려 주었다.

한국 사람은 뭐든 먹어서 건강해지려고 한다.

"슬슬 손톱 자를 때가 된 것 같아요."

언젠가 아침 인사처럼 했던 말을, 은미는 지금도 하고 있다. 옛날부터 지금까지 손발톱은 은미에게 맡기고 있다. 내가 하겠다고 해도 은미는 고집을 부려 꼭 자기가 깎겠다고 말한다. 손톱 자르는 게 그렇게 재미있단다.

은미는 손톱을 자를 때 그림 그릴 때와 똑같은 표정을 짓는다. 입술을 앙다물고 눈썹을 살짝 오므린다. 그 표정이 재밌어서 계속 보게 된다. 얼마나 집중을 하는지 은미는 내가 보고 있는 줄도 모른다. 그게 또 재미있다.

손톱을 다 자르면 은미는 꼭 내게 마음에 드냐고 묻는다. 손톱이 달라 봐야 얼마나 다르겠냐마는 나는 일단 고개를 끄덕여 준다. 그러면 은미는 웃는다. 그 웃음이 좋아서 나는 계속 고개를 끄덕인다. 앞으로도 그럴 것이다.

자기 전에 책을 한 줄 읽는다. 「마쿠라노소시」. 제목도 베갯머리 서책이 아니던가.

한껏 멋을 내고 옷자락을 우차 밖으로 휘날리며 절에 참배하러 갔는데, 도중에 멋을 알아줄 만한 사람과 마주치는 일이 없는 것도 정말 속상하다. 할 수 없이 그나마 멋을 좀 알아서 소문내 줄 만한 하인이라도 찾게 되는데 그럴 때면 나 자신이 한심하기 짝이 없다.

보고서 한참을 웃었던 유머 글.

여자가 늙어서 필요한 것은?
1. 돈
2. 딸
3. 건강
4. 친구
5. 찜질방

남자가 늙어서 필요한 것은?

1. 부인

2. 아내
3. 집사람
4. 와이프
5. 애들 엄마

치매를 앓고부터 글씨는 전부 연필로 쓰고 있다. 그편이 고쳐쓰기에 편하다.

TV에서 치매 걸린 50대 딸을 돌보는 노파가 소개된 적이 있었다. 노파는 딸이 사람 만나는 걸 좋아한다면서 시설에서 운영 중인 모든 프로그램에 참여했다. 원예, 미술, 요리. 그중에서 딸은 노래 교실을 가장 좋아한다고 했다.

"어릴 때부터 끼가 있었어. 장기 자랑에 나가서 상도 타고 오고 그랬지."

충청도 억양이 섞인 말투로 노파는 신이 난다는 듯이

떠들었다.

"여기 있는 사람들 죄다 노인인데 우리 딸 봐봐, 얼마나 예뻐. 쟤는 손끝이 야무져서 만들기 같은 것도 잘해요."

과연 노파의 말대로 딸은 시설 안에서 유독 눈에 띄었다. 큰 키에 이목구비가 뚜렷해서 모르는 사람이 보면 치매 환자가 아니라 초빙받은 외부 강사처럼 보이겠다 싶었다.

"하늘도 무심하시지. 저 어린 것이 무슨 죄를 지었다고……."

자신이 죽으면 누가 딸을 돌봐 줄지 걱정이라면서 노파는 눈시울을 붉혔다. 그런 노파의 옆에서 딸은 천진난만하게 초코파이를 먹었다.

PD가 "엄마는 어떤 분이에요?" 하고 묻자 딸은 "세상에서 제일 부지런한 사람"이라고 대답했다.

"엄마랑 제일 하고 싶은 게 뭐예요?" 하는 질문에는 "지금처럼 항상 같이 다니는 거"라고 대답했다.

결국 노파는 참을 수 없다는 듯이 엉엉 울음을 터뜨렸다.

TV를 보던 은미도 눈 밑을 꾹꾹 눌러 댔다.

◆✧

　마음의 준비는커녕 평생 남의 일이라고만 생각했던 일이 나에게 닥칠 수도 있다.

◆✧

　과거를 잊는 것보다 미래를 잊는 것이 더 무섭다.
　과거를 잊으면 내가 아쉬울 뿐이지만 미래를 잊으면 타인에게 상처를 준다.
　약속과 계획.
　기대와 희망.
　모든 게 미래에 있다.
　과거에는 후회와 추억만 있을 뿐이다.
　항상 미래를 조심해야 한다.

◆✧

　오늘 아침 일만 해도 까마득한데 이상하게 칠십 년 전의 일이 자꾸 떠오른다.

다섯 살 때였나, 여섯 살 때였나.

당시 내가 살던 마을은 작은 농촌 마을로, 경사가 있으면 마을 사람들이 전부 모여 잔치를 벌이곤 했었다.

그날도 잔칫날이었다.

아주머니들은 바지런히 음식을 나르고, 술에 취한 어른은 일찍부터 노래를 부르기 시작했다.

어린 나는 소란을 틈타 큰 솥에 삶아진 고기를 몰래 봉지에 옮겨 담았다. 집 뒤뜰에 묶어 키우던 강아지에게 고기를 나눠 줄 생각이었다.

어머니가 알면 혼을 내기 때문에 나는 봉지를 품 안에 숨기고 뒤뜰로 달려갔다.

그런데 목줄만 덩그러니 남아 있을 뿐 강아지가 보이지 않았다.

나리야, 나리야.

아무리 이름을 불러봐도 강아지는 영영 집으로 돌아오지 않았다.

규칙적인 운동을 해야 합니다.

담배는 꼭 끊으시고 술은 절제해야 합니다.

제때 골고루 식사하시고 특히 뇌 건강에 좋은 채소와 과일, 생선 등을 섭취해야 합니다.

비만이 되지 않도록 적절한 체중을 유지해야 합니다.

사회활동과 긍정적인 사고를 하고 두뇌 활동은 꾸준히 해야 합니다.

TV에 나오는 의사마다 저런다.

정작 저들은 본인 말대로 살고 있을까?

짐승도 치매에 걸린다. 그것을 인지장애증후군이라고 부른다. 만성으로 진행되는 질병으로 사람의 알츠하이머 치매와 발병 기전이 비슷하다. 길을 걷다 넘어지고, 집 안을 배회하며 이유 없이 울부짖는다. 똥오줌을 못 가리고 급기야는 주인을 물기까지 한다.

짐승도 사람과 마찬가지로 완치가 없다. 그래서 늙으면 버려지는 경우가 많다. 어느 섬에서만 한 해 천여 마리가 넘게 발견된다고 한다. 버려진 짐승들은 그곳이 어딘지도 모른 채 주인을 찾아 숲을 어정거린다.

늙어서 좋을 건 하나도 없다. 칼은 오래 쓰면 무뎌지고 벽은 금이 간다. 과일은 썩고 꽃은 시든다. 떨어진 꽃은 밟히고 새로 핀 꽃이 나비를 부른다. 사람이나 짐승이나, 식물이나 사물이나, 오래 살아서 좋을 게 없다.

"그러니까 시간만큼 공평한 건 없다 이거야."

정 계장이 말했다.

"잘 사는 놈이건 못 사는 놈이건 살인마건 성직자건, 누구나 공평하게 나눠 갖는 게 바로 시간이야. 이 시간 말일세."

불 꺼진 방 안. 문 너머로 TV 소리가 들렸다.

"그 시간을 어떻게 쓰느냐에 따라서 인생이 바뀌는 거야. 누구를 죽일지 고민한다면 살인마가 될 것이고 기도를 한다면 성직자가 되겠지. 좌우지간 공평한 건 공평한 거니까."

나는 반론을 제기했다.

"겉으로 보기엔 그래 보여도 시간만큼 불공평한 건 없

다네."

"왜지?"

"사람마다 가치가 다르기 때문이지. 일분일초가 아까워 오매불망 마음을 졸이는 사람이 있는가 하면 삼시간에 흘러가기를 바라는 사람도 있어. 값어치가 정해져 있는 것을 과연 동등하다고 할 수 있겠는가?"

"값어치를 따지자는 게 아닐세. 똑같이 나눠 갖는 걸 얘기하는 거지."

"갖기 싫어하는 사람에게 그것을 나눠 준다고 해서 그것이 같다고 말할 순 없다네."

"오히려 그렇기 때문에 평등하다는 거지. 갖고 싶다고 한 시간 더 주고, 갖기 싫다고 한 시간 덜 주는 게 아니잖은가."

"내일 사형을 앞둔 사람과 결혼을 앞둔 사람, 두 사람에게 시간은 과연 동등하다고 할 수 있겠는가?"

"암, 동등하지. 동등하고말고. 시간은 상황이 어떻든 어느 한쪽으로 치우치는 법이 없으니까."

나는 고개를 흔들었다.

"치우쳐도 한참을 치우쳤지. 어느 한 사람은 초침이 돌 때마다 침을 삼킬 것이고, 어느 한 사람은 초침이 돌 때마다 침이 마를 것이야. 어딜 봐서 동등하다는 거지?"

"이 사람아, 그런 식으로 뜻매김하면 안 되지. 그러는 자네 생각은 어떤가? 자네가 생각하기에 세상에서 제일 동등한 건 뭐지?"

나는 망설이지도 않고 대답했다.

"당연히 죽음이지."

"죽음?"

"죽음 앞에 평등하지 않은 사람은 없다네. 아무도 대신 죽어 줄 수 없고 아무것도 가져갈 수도 없지. 이보다 평등한 게 세상 어디에 있겠는가?"

정 계장은 자못 어처구니없다는 듯이 말했다.

"여봐, 좀 전에는 가치니 뭐니 듣기 좋은 말만 늘어 놓더니만 결국엔 같은 말 아닌가. 자네 식으로 하면 죽는 것도 사람마다 가치가 다르지 않겠나? 생명을 귀하게 여기는 사람도 있지만 죽고 싶어 환장한 사람도 부지기수라네."

"아니. 죽음의 가치는 모두에게 같아."

나는 단호하게 대답했다.

"뛰어내려 죽든, 차에 치여 죽든, 늙어서 죽든, 병들어 죽든, 죽음을 두려워하지 않을 생물은 없다네. 죽음은 누구에게나 동등한 존재지."

정 계장은 이해하기 힘들다는 표정으로 반문했다.

"자네는 뉴스도 안 보는가? 스스로 강에 뛰어드는 사람이 얼마나 많은데. 젊은 학생에서부터 나이 든 노인까지 하루가 멀다 하고 스스로 목숨을 끊는 세상이야. 그 목숨값을 어찌 같다고 할 수 있겠는가?"

"스스로 목숨을 끊었다 뿐이지 죽음이 두렵지 않은 것은 아니라네. 아무리 하찮은 미물이라도 제 목숨 귀한 건 나자마자 깨우치는 법이거든. 자결을 결심한 사람 중에 진심으로 죽고 싶어 한 사람이 몇이나 되겠는가?"

정 계장은 상체를 뒤로 물리며 거북한 듯 입을 다물었다.

"생물로 태어난 이상 죽음을 피할 수는 없네. 죽고 난 뒤에는 아무것도 없지. 이 얼마나 평등한 말로인가?"

동충하초.

겨울 동(冬) 자에 벌레 충(蟲), 여름 하(夏)에 풀 초(草).

겨울에는 벌레이던 것이 여름이 되면 풀이 되어 살아간

다는 말이다.

세상엔 참 신기한 것도 많다.

동충하초에 감염된 개미는 동충하초가 살기에 적합한 장소를 찾아다닌다. 적당히 습하고, 적당히 양지바른 곳을 찾아다닌다. 마침내 최적의 장소에 다다르면 개미는 그곳에 턱을 파묻고 죽는다. 죽은 개미의 몸속에서 동충하초는 성장한다. 성장을 마친 동충하초는 개미 몸을 뚫고 나와 포자를 생산한다. 포자를 생산하고 퍼뜨려서 또 다른 개미들을 감염시킨다. 감염된 개미는 또다시 동충하초가 살기에 적합한 장소를 찾아 나선다. 감염되고, 퍼뜨린다. 이 일련의 과정을 언제까지고 반복한다.

어쩌면 치매도 마찬가지 아닐까.

머릿속에 뿌리내린 곰팡이가 내 몸을 멋대로 움직인다. 곰팡이균을 주변에 퍼뜨린다. 감염시킨다. 감염된 사람의 마음속에 나와 똑같은 곰팡이가 자라난다. 절망하고, 힘들어한다. 이 일련의 과정을 언제까지고 반복한다.

냉장고에 붙은 메모지에 이런 말이 쓰여 있다.

―머리는 차게, 발은 따뜻하게 하면 의사가 필요 없다.

글을 읽기가 점점 어려워진다. 문장을 해독하는 게 버겁다. 같은 단어를 수십 번 읽고 나서야 다음 단어로 넘어갈 수 있다. 다음 단어로 넘어가면, 어느 순간 글의 의미를 까먹고 시선을 방황한다.

읽는데 조금이라도 편하라고 은미가 시집을 사 왔다. 시는 짧아서 덜 복잡했다. 굳이 의미를 파고들지 않아도 돼서 마음이 편했다.

은미가 지켜보는 앞에서 마음에 든 시 한 구절을 읊는다.

인생을 꼭 이해해야 할 필요는 없다
인생은 축제와 같은 것
하루하루를 일어나는 그대로 살아 나가라
바람이 불 때 흩어지는 꽃잎을 줍는 아이들은
그 꽃잎들을 모아 둘 생각은 하지 않는다
꽃잎을 줍는 순간을 즐기고

그 순간에 만족하면 그뿐

산책길에 비둘기를 만나면 은미는 소스라치게 놀라며 내 뒤로 숨는다. 젊을 적에도 그러더니 늙어서도 그런다. 비둘기가 뭐가 무섭냐고 물으면 표정이 없어서라고 대답한다. 무슨 생각을 하는지 도통 알 수 없는 저 무표정한 얼굴이 무섭다고.

치매 증상이 심해질수록 표정이 사라진다고 한다. 배수구에 머리카락이 얽히고설킨 것처럼 머릿속이 복잡하니 당최 어떤 표정을 지어야 할지 모르는 것이다. 은미가 무서워하지 않도록 나는 매일 거울을 보며 웃는 연습을 한다. 웃고, 찡그리고, 쭈그러뜨린다. 해 보니 쉽지가 않다.

사람들이 죽을 때 가장 많이 하는 후회가 자신의 감정을 솔직하게 표현하지 못한 것이라고 한다. 상처받을까 봐, 미움받을까 봐, 싸우기 싫어서, 말하기 싫어서 어물쩍 넘어간 것이 죽을 때가 돼서야 비로소 눈앞에 아른거린다는 것이다.

나는 후회하지 않는 삶을 살기 위해 평생을 노력해 왔다. 지난 일을 가슴속에 담아 두고 싶지 않았다. 그러나 나는 이제 후회하지 않는 삶을 살아갈 수가 없다. 어제의 일을 후회하고, 아침의 일을 후회하고, 좀 전의 일을 후회한다. 감정과 시간과 기억이 사라지니 남는 건 후회밖에 없더라.

아버지는 어머니와 다툴 때마다 어디 사람 없는 곳에 가서 조용히 혼자 살고 싶다는 말을 자주 했었다. 결국 소원을 이룬 셈이니 아버지는 지금 관 속에서 행복해하고 계실까.

최불암이 정신병원에 가서 의사와 대화를 나눴다.
최불암이 말했다.

"제가 자꾸 개라는 생각이 들어요."
의사가 말했다.
"언제부터요?"
최불암이 말했다.
"강아지 때부터요."

사람들이 자꾸 나더러 거울을 보고 얘기한다고 한다.
설마 내가 내 얼굴도 못 알아볼까.
무시하는 것도 정도껏이지.
모함도 도를 넘어서면 폭행이나 다름없다.

다람쥐는 욕심이 많은 동물이다. 배가 터질 만큼 먹었는데도 꼭 볼주머니에 따로 음식을 보관해 둔다. 볼주머니가 꽉 차서 남는 공간이 없으면 여기저기 땅을 파서 묻어놓는다. 그런데 이 조그만 것이 또 건망증이 심해서, 정작 찾을라치면 어디에 숨겨두었는지 금세 잊어버린다고 한다. 그렇게 잃어버린 도토리는 세월이 흘러 싹을 피우고 나무로 성장한다. 건망증이 숲을 살린 셈이다.

그렇다면 내가 잃어버린 기억들은 지금쯤 어디서 어떻게 자라나고 있을까.

우리 집 소파에 모르는 남자가 앉아 있었다. 안경을 쓴 눈이 매서웠다.

나는 조용히 그의 옆에 앉았다. 은미는 어디 갔는지 보이지 않았다. 거실에는 남자와 나밖에 없었다.

남자는 TV에서 하는 뉴스를 보고 있었다. 한쪽 다리를 꼬고 앉은 폼이 한두 번 방문해 본 솜씨가 아니었다. 그러나 나는 기억하지 못했다. 저렇게 차갑고 냉혹한 눈빛을, 나는 살면서 한 번도 본 일이 없었다.

"세상 참, 하루도 조용한 날이 없구먼. 안 그렇소?"

일단 시치미를 떼고 넌지시 물어보았다. 남자는 고개만 움직여 나를 봤다. 안경알 너머로 뱀의 눈이 번뜩였다.

"그렇네요."

남자가 대답했다. 걸걸하고 듣기 싫은 목소리였다.

나는 계속 말을 이어 갔다.

"얼굴이 낯이 익은데, 전에 본 적이 있소?"

"아니요. 처음 뵙습니다."

"우리 집이 처음이란 말이오?"

"그렇습니다."

남자는 TV에 시선을 고정한 채 입술만 움직였다. 단번에 거짓말임을 알아차렸다.

"나한테 볼일이 있는 것 같진 않고, 집사람을 보러 오셨소?"

"그렇습니다."

"무슨 일로?"

"그건 말씀드릴 수 없습니다."

"허허 참. 둘이서 나 모르게 작당 모의라도 꾸미는가?"

우스갯소리처럼 한 말에 남자는 아무런 반응을 보이지 않았다. 남자는 내 말을 가볍게 무시하고 리모컨을 조작해 TV 볼륨을 높였다.

나는 계속 말을 붙였다.

"무슨 일을 하는지 물어봐도 되겠소?"

"작게 철물점을 하고 있습니다."

"오호, 철물점이라. 나는 한평생 버스를 몰았다우. 마을 버스지. 전에 말한 적이 있소?"

남자는 TV에 시선을 고정한 채 대답이 없었다. 맞다고 하면 꼬집어 주려고 했는데 아쉬웠다.

나는 슬그머니 팔을 뻗어 리모컨을 잡았다. 그의 시선이 내 손등을 따라왔다. 리모컨을 조작해 TV 채널을 바꾼 순간, 남자의 눈 밑이 움찔하고 떨렸다. 찰나의 순간이었지만 나는 남자의 반응을 예리하게 포착해 냈다.

남자가 화가 난 듯 몸을 일으켰다. 부엌 쪽으로 가기에 물어보았다.

"어디 가시오?"

"잠시 화장실 좀 쓰겠습니다."

"아, 편히 쓰시게."

화장실 문이 닫히고 세면대에서 물 쓰는 소리가 들려왔다.

잠시 후 거실로 나온 남자에게 나는 물었다.

"그런데 우리 집 화장실이 거기에 있는지는 어떻게 아셨소?"

순간 남자의 몸이 딱딱하게 굳었다.

나는 내색을 싹 감춘 채 짐짓 밝은 목소리로 말했다.

"하긴, 그렇게 큰 집도 아니니까. 그래도 여기가 내 평생 번 돈으로 마련한 집이라우."

나는 기합 소리와 함께 소파에서 몸을 일으켰다.

"그럼 편히 쉬시오. 집사람은 금방 올 거니까."

나는 남자 옆을 지나면서 힐끔 얼굴을 훔쳐보았다. 남자의 얼굴에는 또렷이 낭패가 떠올라 있었다.

입술이 실룩이는 것을 겨우 참아내며 안방에 들어갔다. 문을 잠그고 메모장을 찾았다. 잊기 전에 그의 거짓말을 기록해 둔다.

뭐? 우리 집이 처음이라고? 치매라고 해서 어쭙잖은 가짓부리에 넘어갈 거라고 생각했다면 오산이다. 나는 그렇게 무디지 않다.

현관문 열리는 소리가 들리자마자 나는 부리나케 뛰어나갔다. 은미가 장바구니를 손에 든 채 서 있었다.

"집에 도둑이 들었다!"

나는 곧장 은미에게 일러바쳤다.

"도둑, 도둑이 들었다니까. 뭐 훔쳐 간 거 없나 살펴봐 봐, 얼른!"

다급한 내 마음과는 달리 은미는 자못 차분하게 고개를 끄덕였다. 내 말에 관심이 없는 듯했다. 짜증이 치밀었다.

"당신도 치매라고 날 무시하는 거지? 응? 그런 거지?"

나는 손에 든 노트를 흔들었다.

"자, 봐. 여기 다 적어 놨어. 내가 다 적어 놨다니까! 도둑이 든 게 틀림없어."

은미는 힐끔 노트를 쳐다보더니 콧김처럼 한숨을 내쉬었다.

"거기 뭐가 적혀 있다고 그래요."

"놈의 인상착의야. 놈이 버젓이 우리 집 소파에 앉아 있었다니까."

"한 번 읽어봐요. 난 뭐라고 적혀 있는지 잘 모르겠네."

그렇게 말하고 은미는 부엌에 들어갔다. 치매 노인을 간병하더니 은미까지 이상해져 버린 걸까.

나는 노트를 펼쳤다.

노트에는 세 단어가 적혀 있었다.

신문. 나비. 선풍기.

✦✧

치매 노인 중에 유독 잘 넘어지는 노파가 있었다. 길을 걷다가도 넘어지고, 계단을 타다가도 넘어졌다. 손등이 붓고 무릎이 까져도 노파는 본인이 넘어졌다는 사실을 결코 인정하려 하지 않았다. 괜찮다고 말했다. 남들은 노파가 치매기가 있어서 그렇다고 생각했지만 사실은 아니다. 노파는 부끄러웠던 것이다. 자식 앞에서, 남편 앞에서 넘어진 게 창피하고 부끄러워서 모른 척했을 뿐이다. 치매에 걸렸다고 부끄러움을 모르진 않는다. 말하지 못해서, 외우지 못해서, 기억하지 못해서, 매일매일 부끄럽다.

때때로 내 머릿속을 들여다볼 때가 있다. 그곳은 아늑하고 소리조차 들리지 않는, 까마득한 어둠만이 존재하는 쓸쓸한 공간이다.

나는 어둠 속에서 과거의 나를 찾는다. 어둠 저편 어딘가에 분명히 존재하고 있을 과거의 우리 모습을 찾는다. 그러나 나는 다가갈 수도 없고, 소리를 지를 수도 없다.

내 안에서 뭔가가 자꾸 사라진다. 단어가 사라지고 색깔이 사라진다. 이름이 사라지고 얼굴이 사라진다. 풍경이 사라진다. 시간이 사라진다. 더위와 추위가 사라진다. 어둠 속에 남은 것은 오직 후회와 참회뿐이다. 그러나 무엇에 대한 참회인지 알 방도가 없다. 손을 뻗어 봐도 아무것도 만져지지 않는다.

언젠가 이 어둠이 걷히고 일상이라고 부를 만한 존재가 찾아오리라 기대했지만, 그런 날은 영영 오지 않았다.

소파에 앉아 있다가 오줌을 쌌다. 눈치챘을 때는 이미 사타구니에 열기가 자욱했다. 살갗에 달라붙는 천이 뜨거웠다. 미지근한 것이 종아리를 타고 흘러내렸다.

나를 발견한 은미는 처음에는 당황한 듯 보였다. 움직임을 멈추고 눈을 크게 떴다. 하지만 이내 자약하게 행동했다. 별일 아니라는 듯한 얼굴로 내 앞에 무릎을 쪼그리고 앉았다.

"괜찮아요. 놀랄 것 없어요."

은미는 마른걸레를 가져와 내 발밑을 닦았다. 그리고 나를 데리고 욕실에 들어간 뒤 바지부터 차례차례 옷을 벗겼다. 나는 은미 앞에서 알몸이 되었다. 아내이지만, 부끄러웠다.

 은미는 후크에서 샤워기를 빼내 물 온도를 확인했다. 더운 날씨에도 우리는 찬물로 씻는 법이 없었다. 은미가 샤워기를 내 몸에 댔다. 따뜻한 물이 하반신을 상쾌하게 씻어 내려갔다. 은미는 손바닥으로 내 아랫배와 허벅지를 꼼꼼하게 문질렀다. 바닥을 때리는 물줄기에서 희뿌연 연기가 피어올랐다.

 샤워를 마친 후 은미가 수건으로 물기를 닦아 주었다. 나도 충분히 할 수 있는 일이었지만 어찌 된 영문인지 꿈쩍도 할 수 없었다. 나는 어린애처럼 벌거벗은 채 양팔을 쩍 벌리고 기다렸다. 새 옷으로 갈아입자 보송보송한 감촉이 좋았다.

 은미는 나를 안방 요에 누였다. 눕고 보니 피곤했다. 나른한 기분으로 천장을 바라보고 있자니 거실에서 소파 닦는 소리가 들렸다. 그 소리가 자장가처럼 느껴져서 나는 까무룩 잠이 들고 말았다.

 잠에서 깼을 때는 벌써 어둑해진 다음이었다. 나는 당황했다. 조금 전 일이 꿈인지 생시인지 구분되지 않았다. 내가 정말 오줌을 싼 게 맞을까. 혼란스러웠다.

 은미를 찾기 위해 몸을 버둥거리는데 머리맡에서 목소

리가 들려왔다.

"집이에요. 무서워할 것 없어요."

은미였다. 은미가 나를 보고 있었다.

나는 안심하고 다시 몸을 누였다.

어둠에 파묻힌 기분이 나쁘지 않았다.

은미는 아직 젊다. 할 수 있는 일도 많고, 재능도 있다. 늙은 남편의 뒤치다꺼리만 하고 살기에는 남은 인생이 너무 아깝다. 나는 비록 이렇게 돼 버렸지만 은미에겐 남들처럼 여유롭고 낭만 있는 노후를 즐길 자격이 있다.

나는 어쩌면 좋을지 알 수 없었다. 내 존재가 은미의 앞길을 가로막고 있었다. 내 존재가 짐이 되는 것을 어찌 바꾸고 대처해야 할지 몰랐다. 만약 은미가 간병에 지쳐 나를 떠난다면 나는 은미를 원망하지 않을 자신이 있었다. 그러나 내게 먼저 그런 제안을 하라고 말한다면 나는 하지 못한다. 무섭다. 세상에 혼자 남겨지는 것이 무엇보다 무섭다. 은미가 없는 삶을 상상하기 어렵다.

이런 고민도 금세 잊히고 말겠지.

내 자신이 너무도 한심하게 느껴진다.

오전 10시 15분.

채널을 아무리 돌려봐도 동물농장이 하지 않았다.

은미에게 묻고 나서야 오늘이 일요일이 아니라 화요일인 것을 알았다.

이걸 어쩌나.

오늘은 뭐하고 시간을 보내지?

결혼 전에 준 반지를 은미는 지금도 하고 있다. 은미는 틈만 나면 반지를 돌려보며 생각에 잠겼다. 씻거나 요리를 할 때도 반지를 빼지 않았다. 유일하게 잠잘 때만큼은 잠시 빼서 선반에 두었는데, 아침에 일어나 보면 언제 그랬냐는 듯 다시 손가락에 끼워져 있었다.

옆을 지나다 의미도 없이 빼둔 반지에 시선을 준 적이 있었다. 그러자 은미는 거짓말이라도 들킨 사람처럼 재빨리 반지를 다시 꼈다. 반지를 빼는 행위가 나에 대한 배신으로 생각하는 것 같았다.

은미의 왼손 약지에는 늘 하얗게 자국이 남아 있었다. 그 아무것도 아닌 흔적에서 나는 매번 뭔가를 보상받는 기분을 느꼈다.

하루는 은미가 보이지 않아 불안했다. 나는 은미를 찾기 위해 집안을 돌아다녔다. 발바닥이 거실 바닥에 눌리며 마른 소리를 냈다. 베란다 창문을 열자 천장을 비추던 햇빛이 스르륵 옆으로 이동했다. 은미는 베란다에 없었다. 부엌에도 없고 작은 방에도 없었다. 욕실 문을 열자 락스 냄새가 진동했다. 낯선 여자가 욕실 바닥에 웅크리고 앉아 있었다. 인식, 그리고 해석까지 몇 초간 소요됐다. 이윽고 나는 물어보았다.

"누구요?"

낯선 여자는 당혹스럽다는 표정으로 대답했다.

"저예요, 어르신."

"그러니까 저가 누구요."

"저, 모르시겠어요?"

머릿속이 혼란스러웠다. 나는 가볍게 어지러움을 느끼고 벽에 손을 짚었다.

"괜찮으세요?"

낯선 여자가 고무장갑을 낀 손을 앞으로 내밀었다.

"나가시오."

"네?"

"내 집에서 나가달란 말이오."

"하지만……."

"당장 나가!"

나는 소리를 지른 뒤 거실로 나갔다. 벽 여기저기에 붙어 있는 메모지에 시선을 주었다. 뭔가 납득이 될 만한 문장을 눈으로 찾았다. 하지만 보이지 않았다. 어느 문장도 지금 내 상황을 설명해 주지 못했다.

소리 내어 은미를 불렀다. 서랍도 열어 보고 장롱도 열어 봤다. 없었다. 은미는 어디에도 없었다.

바닥에 풀썩 주저앉아 있으니 어느 틈에 낯선 여자가 뒤로 와 서 있었다. 그녀는 내게 손수건을 내밀었다. 그리고는 이런 일쯤은 아무것도 아니라는 듯 능숙한 목소리로 말했다.

"울지 마세요. 금방 돌아오실 거니까."

미국 표현주의 화가 중에 윌리엄 어터몰렌이라는 사람이 있다. 그는 알츠하이머 진단을 받은 직후부터 자신의 자화상을 그리기 시작했다. 처음에는 비교적 멀쩡하던 얼굴이 해가 거듭될수록 무너지고 일그러졌다. 나중에 가서는 얼굴의 형태가 거의 남지 않은, 삐뚤어진 원에 가까운 그림을 그렸다. 그는 변해가는 자신의 얼굴을 보고 이렇게 말했다.

"내 그림은 분명 어딘가 이상하다. 하지만 나는 그것을 바로 잡을 수 없다. 내 작품에 무슨 일이 일어나는지 보여 주고 싶을 뿐이다."

공책 귀퉁이에 조금씩 다른 그림을 그려놓고 드르륵 넘겨보면, 그림이 마치 살아 움직이는 것처럼 보인다. 치매 환자로 살아간다는 것은 그 그림의 순서를 뒤죽박죽 섞어 놓은 것과 같다. 앞뒤가 연결되지 못하고 혼란스럽기만 하다. 매일 그렇게 살아간다.

딸아이에게서 전화가 왔다.

밥은 먹었냐고 묻기에 먹었다고 대답했다.

엄마는 뭐하냐고 묻기에 화분에 물을 주고 있다고 대답했다.

심심하지 않냐고 묻기에 심심하지 않다고 대답했다.

수화기 너머로 딸아이가 고개를 끄덕이는 것을 알 수 있었다.

딸아이는 느닷없이 울음을 터뜨렸다.

왜 우냐고 묻자 아무것도 아니라고 대답했다.

언제 내려오냐고 묻자 저번 주에 다녀왔다고 대답했다.

내가 당황해하자 딸아이는 급하게 전화를 끊었다.

은미가 불안한 얼굴로 나를 쳐다봤다.

"좀 어떠세요?"

의사가 물었다.

"그게, 딱히……."

은미가 대답했다.

"약은 꾸준히 드시고 계시죠?"

"네."

"언동에 변화는 없었습니까?"

"요즘 들어 물건을 자꾸 숨기려고 해요. 도둑이 든다면서."

"치매 환자에게서 망상은 흔히 나타나는 증상입니다. 환각이 보이기도 하고, 작은 데 집착을 하기도 하지요. 잠을 못 이룬다거나 집 안을 배회하진 않습니까?"

"가끔……, 뭔갈 찾는 것처럼 부엌을 서성일 때가 있어요."

"흐음."

의사는 종이에 뭔가를 받아 적었다.

"우선은 꾸준히 약물치료 받으시고요. 한 달이 지나도록 차도가 없으시면 다시 내원하세요."

"저기, 다른 방법은 없나요?"

은미가 책상에 손을 올렸다.

"약을 먹어도 계속 똑같으면, 그러면 다른 방법은 없는 건가요?"

의사는 씁쓸하게 웃었다.

"우선 원래 드시던 약에서 다른 약을 하나 더 처방해 드렸으니까요. 차도를 지켜보자고요. 크게 와닿지 않으시겠지만 치매 환자에겐 약물보다 마음의 안정이 더 중요합니다. 불안해하지 않도록 옆에서 잘 케어해 주세요. 현재로선 그 방법밖엔 없습니다."

"네……."

은미는 낙담한 듯 고개를 숙였다.

책상 위에 올려져 있던 손이 스르륵 아래로 떨어졌다.

"참 좋아 보이십니다."

은미와 택시 뒷좌석에 앉아 있는데 기사가 말했다. 의미를 몰라서 묻자 기사는 "두 분이서 손을 꼭 잡고 계시는 걸 보니까요."라고 대답했다.

젊어서는 한 번도 그런 말을 들어 본 적이 없었는데.

이 일도 오래 하니 좋은 말을 듣는다.

은미에게 그림을 배워 보기로 했다. 은미 말에 따르면 그림 그리는 것이 글을 쓰는 것보다 치매에 훨씬 도움이 된다고 한다. 그림 그리기는 시각적, 공간적, 언어적 요소는 물론 운동적 요소까지 포함되어 있어서 뇌를 더 많이 사용한다나 뭐라나.

 하지만 나는 안다. 내가 더 이상 글을 쓰지 못하게 돼서 저러는 거라는 걸.

 평소 은미가 사용하는 도구들 대신에 도화지와 크레파스가 손에 쥐어졌다. 우리는 거실에 나란히 앉아 같은 사물을 그렸다. 꽃병을 그리기도 하고, 사과를 그리기도 했다. 나는 한평생 그림을 그려본 적이 없어서 실력이 형편없었다. 그래도 은미는 입이 닳도록 칭찬해 주었다.

 그림 수업을 모두 마치고도 은미는 따로 시간을 할애해 자신의 그림을 그렸다. 나와 같이 그리던 단순한 그림이 아니라 좀 더 복잡하고 심오한 그림들을 그렸다. 나는 무릎을 끌어안고 그 모습을 지켜봤다. 탁자 위에 올려둔 물컵이 햇빛을 반사하여 천장에 띄엄띄엄 무늬를 만들었다. 창밖에선 새가 지저귀고 거실에는 시계 침이 째깍

째깍 움직였다.

지금 보고 있는 모습도 결국엔 잊어버리게 될까.

마음이 너무 슬펐다.

나는 손병주입니다.

나는 아들 둘과 딸이 하나 있습니다.

나는 사람들과 어울리기를 좋아합니다.

나는 흥이 많습니다.

나는 허리 수술을 두 번 했습니다.

나는 모자 쓰는 것을 좋아합니다.

나는 산책하는 것을 좋아합니다.

나는 식사 후에 꼭 물을 마십니다.

참! 고맙습니다.

어머니는 가끔씩 화투로 점을 보기도 했었는데 나는 고스톱은커녕 섯다도 칠 줄 모른다. 그래도 화투가 치매에 좋다고 하니 일단 손에 만지고 본다. 같은 그림끼리 맞춰 보기도 하고 주판처럼 수를 세어 보기도 한다. 지금은 은미와 돼지 찾기를 하고 있다. 뒷면이 보이도록 화투를 전부 뒤집어 놓고 한 사람씩 까뒤집어 돼지 그림을 먼저 찾는 놀이다. 마음 졸이는 일 없이 무덤덤한 놀이지만 은미는 무척이나 재밌어 한다. 돼지를 먼저 찾기라도 하면 더없이 즐거워하며 소리를 지른다. 이게 저렇게나 기분 좋은 일일까. 어쩌면 연기를 하고 있는 건지도.

건망증 : 볼일 보고 지퍼를 안 올린다.
치매 : 지퍼를 내리지 않고 볼일을 본다.

건망증 : 우리 집 주소를 잊어 먹는다.
치매 : 우리 집이 어딘지 잊어 먹는다.

건망증 : 아내 생일을 잊어 먹는다.
치매 : 아내 얼굴을 잊어 먹는다.

건망증 : 심해질수록 걱정된다.

치매 : 심해질수록 아무 걱정이 없다.

✦✧

딸아이에게서 전화가 왔다. 참으로 오랜만인 것 같은데 어제 저녁에도 통화했단다. 한두 번 겪는 일도 아니라서 이제는 그냥 그러려니 하고 넘긴다.

말을 하다가 딸이 대뜸 화를 냈다. 왜 자꾸 했던 얘기를 또 하냐는 것이다. 나는 사과했다. 그랬더니 이번에는 왜 말끝마다 사과하냐며 화를 냈다. 이러지도 저러지도 못하고 있자니 딸은 자기 혼자 실컷 성질을 부리다가 어중간한 시점에서 갑자기 전화를 끊어 버렸다.

통화 내용이 들렸는지 은미가 옆에서 나직이 속삭였다.

"오늘은 맘껏 화를 내고 싶은 모양이에요."

나는 고개를 끄덕였다. 딸의 마음을 이해한다. 지난날을 기억하지 못하는 아비가 얼마나 한심하고 답답했을까.

나는 심란한 마음으로 손에 쥔 메모장을 바라봤다. 딸이 내는 퀴즈를 한 번이라도 맞춰 보겠다고 준비해 둔 것이다. 메모장에는 전에 출제된 퀴즈 정답이 적혀 있었다. 그러나 오늘은 영 퀴즈 낼 마음이 들지 않았던 모양이다. 언제 또 기억할지도 모르는데. 아쉬웠다.

이근배의 시 〈살다가 보면〉은 이렇게 시작된다.
"살다가 보면 넘어지지 않을 곳에서 넘어질 때가 있다."
정말 그렇다.

최근 그 남자의 모습이 보이지 않고 있다. 정 계장은 그것이 내 기억 문제일 거라고 말했다.
"뻔히 봤는데도 떠올리질 못하니 그건 못 본 것이나 다름없는 일이지."
과연 그럴까?
그러고 보니 옛날에 이런 실험도 있었다. 외부 세상과 완전히 단절된 채로 살아가던 어느 부족에게 공상과학 영화를 한 편 보여 주었다. 생전 처음 보는 세상에 그들은 완전히 넋을 잃고 화면을 바라봤다. 영화가 끝나고 그들에게 무엇을 보았느냐고 물었더니 뜬금없이 닭을 봤다는 대답이 돌아왔다. 영화가 두 시간 가까이 상영되는 동안에 닭이 등장한 장면은 한 군데도 없었다. 혹시 다른 물체를 닭으로 착각한 게 아닐까 했지만 그들은 틀림없이 닭을 보았노라 주장했다.

이유는 나중에 밝혀졌다. 알고 보니 영화 중간에 닭이 아주 잠깐 나오긴 했었다. 하지만 그것은 정말 찰나의 순간으로, 집중해서 보지 않으면 쉽게 구분할 수 있는 정도가 아니었다. 어지러운 공상과학 영화 속에서 그들은 오롯이 자신들에게 익숙한 닭의 모습만 포착해 낸 것이다.

아는 만큼 보인다고 했던가.

기억을 잃어버린 지금, 나는 무얼 알고 무얼 보며 살고 있을까.

오랜만에 활자가 그리워 책을 펼쳤다.

봄은 동틀 무렵. 산 능선이 점점 하얗게 변하면서…….

봄은 동틀 무렵. 산 능선이 점점 하얗게 변하면서……

봄은 동틀 무렵. 산 능선이……

봄은 동틀 무렵. 산 능선이 하얗게……

봄은 동틀…….

봄은 동틀…….

봄은 동틀…….

봄은…….

문장을 읽을 수가 없었다.

책을 집어던졌다.

은미와 같이 마트에 갔다 돌아오는 길에 노인복지센터에 잠깐 들렀다. 그냥 시설이 어떤지 구경이나 해 보자는 것이다. 센터장이라는 여자가 직접 나와 우리를 반겼다. 얼굴에 살점이 토실토실 오른 것이 욕심이 많아 보이는 여자였다.

노인들이 생활하는 것치고는 시설 안은 깨끗했다. 복도는 왁스 칠을 한 것처럼 맨들맨들했고 형광등도 세련됐다. 노인들은 저마다 책상 앞에 앉아 강사의 말을 들었다. 의자 대신 휠체어에 탄 노인도 더러 보였다. 강사를 따라 박수 치고 노래를 불렀다. 음이 형편없었다. 그래도 다들 웃고 있었다.

센터장은 은미에게 시설 복지와 프로그램, 입소할 때 필요한 구비서류들을 알려 주었다. 나는 그런 설명은 필요 없다고 말했다. 잠깐 구경 왔을 뿐이라고, 금방 돌아갈 거라고 말했다. 센터장은 "암요, 암요"하고 고개를 끄덕였다. 그리고 덧붙였다.

"오늘은 저보고 교회 다니냐고 안 물으시네요?"

질문이 이해되지 않았다.

인상을 찌푸리자 센터장은 얼버무리듯 설명했다.

"제가 말하는 게 꼭 교회 다니는 사람 같다는 말을 자주 들어서요."

듣고 보니 정말 그랬다.

센터장은 사무실에서 차라도 한잔하고 가라고 말했지만 나는 한사코 거절하며 은미의 옷깃을 잡아끌어 그곳을 빠져나왔다.

"조심해. 다 말로 꿰서 장사하는 사람들이니까."

나는 단단히 주의를 주었다.

은미는 성격이 너무 물러서 탈이다.

뭔가 중요한 걸 빼먹은 기분이다.
그게 뭘까?

치매에 걸리면 드라마보단 광고가 더 재밌어지는 법일까.
아까 들은 노래 구절이 자꾸만 머릿속에서 맴돈다.

손이 가요, 손이 가.
새우깡에 손이 가요.
아이 손. 어른 손. 자꾸만 손이 가.

일주일에 한 번, 목요일마다 도우미가 집을 방문하고 있다고 한다. 그런지도 벌써 석 달이 넘었단다.
나는 며칠 전 욕실에서 본 낯선 여자를 떠올렸다. 말해 주자 그 사람은 벌써 몇 주 전에 그만둔 사람이라고 한다.

"그만두다니, 왜?"

"힘들다나 봐요."

"뭐가?"

"당신이."

나는 인상을 찌푸렸다.

"나는 아무 짓도 하지 않았는데."

"알아요."

"그런데 왜 힘들다고 하는 거야."

"그러게 말이에요."

내가 또 뭔가 잘못한 걸까.

이제는 하지도 않은 일까지 미안해해야 할 판이다.

치매 환자의 삶이란 수필이 아니라 소설에 가깝다. 그것도 1인칭 주인공 시점이 아닌 3인칭 관찰자 시점으로 진행되는 이야기다.

예를 들어 밥을 먹을 때, "나는 생선은 좋아하지만 버섯은 싫어한다"가 아니라 "손병주는 생선은 좋아하지만 버섯은 싫어한다"가 된다. 의미에 별 차이가 없어 보이지만 살다 보면 이보다 더 불편감이 있을까 싶다.

내 인생에 내가 사라진 기분.

사람들은 이해할 수 있을까.

어둠 속에 서서 내가 어디에 있는지 생각했다. 나는 사방이 검정으로 발린 곳에 혼자 서 있었다. 아무것도 없고, 아무것도 들리지 않았다. 상황을 이해할 수 없어 무섭고 혼란스러웠다. 내가 언제부터 여기 와 있었는지 알 수 없었다. 혹시 꿈이라도 꾸고 있는 걸까? 그런 자각도 없었다. 어둠 속에는 정적과 고독만이 존재했다. 가히 거리를 가늠하기 힘든 수준의 완벽하고 삼엄한 어둠이었다.

앞으로 나아가고자 팔을 뻗은 순간, 눈앞의 어둠이 움찔하고 떨렸다. 나는 소스라치게 놀라며 뒤로 벌러덩 자빠졌다. 불의의 일격이라도 당한 사람처럼 심장이 뛰고 몸이 경직되었다. 어둠에 누가 있었다. 나 말고 다른 누군가가 어둠 저편에 서 있었다. 누구지. 누굴까. 그런 생각을 하는데 갑자기 어떤 소리가 들려왔다. 창문틀에서 파리가 파르르 날개를 떠는 듯한, 몹시 불쾌하고 나지막한 소리였다. 나는 귀를 틀어막았다. 그래도 소리는 들려왔다. 내가 듣고 싶지 않은 말을 계속해서 속삭여왔다. 아니. 아니다. 그럴 리 없다. 나는 소리를 지르며 머리를 흔들었다.

한계에 다다랐다고 생각한 순간, 천장 불이 켜지면서 주변이 확 밝아졌다. 나는 부엌 싱크대에 몸을 웅크리고 있었다.

"여보!"

빛 속에서 은미가 나타났다. 나는 매달리듯 은미의 다리를 붙잡았다.

"괜찮아요. 울지 마요. 다 괜찮아질 거예요."

은미가 나를 달랬다. 나는 은미의 가슴에 얼굴을 묻고 엉엉 울음을 터뜨렸다.

무슨 이유에서인지 서러워서 견딜 수가 없었다.

또 가끔은 아무 이유 없이 기분이 좋아진다.

가진 건 변변찮지만 가능만 하다면 누구에게라도 내 것을 조금씩 나눠 주고 싶은 충동이 인다.

쓸만한 걸 몇 개씩 바리바리 싸다가 집을 나서는데 은미가 의아하다는 듯이 물었다.

"여보, 그게 다 뭐예요?"

"아아, 요 앞에 헌옷수거함에다 좀 내놓으려고. 이제 곧 겨울이잖아. 사람들이 얼마나 춥겠어."

그러자 은미가 난색을 표했다.

"그런데 왜 밥솥을 들고 나가요? 그 그릇들은 또 뭐고요."

은미의 말을 이해할 수 없었다. 보자기 때문에 못 알아보나 싶어서 매듭을 풀어헤치는데 바닥으로 뭔가가 우수수 떨어졌다. 깨지고 튀면서 집 안이 엉망이 됐다. 발에서 피가 났다.

"움직이지 말아요!"

은미가 행주를 들고 허겁지겁 달려왔다. 내 앞에 무릎을 꿇고 바닥을 닦았다. 그 모습을 가만히 지켜보면서 생각했다.

이 사람, 여태 염색도 안 하고 뭐 한 거야.

한 노인이 손자와 영어 공부를 하고 있었다.

손자가 말했다. "굿모닝?"

노인이 물었다. "그게 무슨 뜻이냐?"

손자가 대답했다. "영어로 '안녕하세요'라는 뜻이에요."

그걸 듣고 흐뭇해진 노인은 부엌으로 가서 아내에게 자랑하고 싶어졌다.

노인이 말했다. "굿모닝?"

아내가 말했다. "감자국이유."

집에 있는 모든 사물이 검은색이다. 마당도 검고 뒤뜰도 검다. 창밖을 내다보면 저리 하얀데 어째서 우리 집은 온통 검을까. 이상하다.

"자식이 있소?"

식사를 마친 점심시간, 나는 여자에게 물어보았다.

여자는 있다고 대답했다. 몇이나 되는지 묻자 아들놈만 둘이란다.

"저런. 그래도 집에 딸이 하나 있어야 하는데. 옛날에야 아들이 귀했지, 요즘엔 딸이 더 귀해."

"그러게 말이에요. 아들만 둘 키우려니 정신이 없네요."

"늙어서 전화 오는 것도 딸년뿐이라우. 아들놈들은 키워 봤자 소용이 없어."

내 말에 여자가 키득키득 웃었다.

"자식들은 전부 출가했는가?"

"아니요."

여자는 어림도 없다는 듯 손사래를 쳤다.

"첫째가 올해 초등학교에 들어갔고, 둘째는 아직 유치원에 다니고 있어요."

"어이구, 한창때구먼. 근데 여기 와 있어도 괜찮은가?"

"평소에는 시댁에서 봐주고 계세요."

"그렇군. 좋을 때야."

여자는 웃으며 고개를 끄덕였다.

"일하면서 가장 힘든 점이 뭐요?"

"글쎄요. 아무래도 의심받을 때가 아닐까요?"

"의심?"

"네. 식사를 다 하셔 놓고도 나중에 되면 밥을 굶겼다고 말씀하시는 분들이 계시거든요. 어떤 날엔 제가 밥을 뺏어 먹었다고 말씀하시기도 하고, 물건에 손을 댄다고 말씀하시기도 하고. 말하자면 끝이 없어요."

"저런, 억울했겠소."

"처음에는 치매니까 어쩔 수 없다고 생각했는데요, 그 말도 계속 듣다 보니 점점 죄짓는 기분이 들더라고요. 가족분들 눈치도 신경 쓰이고요."

"아니, 가족들이 정말 그 말을 믿는단 말이오?"

"물론 제 앞에선 이해한다는 표정을 지으시죠. 근데 역시 저는 남이잖아요. 어떻게 보면 저를 의심하는 게 당연해요."

"아니야, 아니야. 그건 절대로 잘못된 거야. 잘못한 게 하나도 없는데 어찌 그런 취급을 한단 말이야. 참 못된 사람들이구먼."

나는 끌끌 혀를 찼다.

"말씀만이라도 감사하네요."

여자는 웃으며 목을 만졌다. 뒤로 묶은 머리카락이 햇빛을 받아 붉게 반짝였다.

나는 절대로 그러지 말아야지. 다짐하며 사인펜을 들고 달력 앞으로 갔다. 잊기 전에 표시해 둔다.

　~~점심 먹음.~~

　그리고 내친김에 아랫것도 같이.

　~~저녁 먹음.~~

　나는 청호빌라 104호에 살고 있다.

　하루에 마침표를 찍어야 하는데 내 인생에는 온통 쉼표밖에 보이지 않는다.

　오늘은 우동을 먹었다(쉼표)

　오늘은 운동장을 돌았다(쉼표)

　오늘은 낮잠을 잤다(쉼표)

　오늘은 군것질을 했다(쉼표)

　오늘은 노래자랑을 봤다(쉼표)

　쉼표, 쉼표, 쉼표, 쉼표.

대체 내 하루는 언제쯤 끝마칠 수 있는 걸까.

전에 그린 그림들을 살펴보기 위해 집을 뒤지는데 암만 찾아도 보이지 않았다. 은미에게 묻자 우리 집에 그런 물건은 없다고 말했다. 그럼 당신 그림이라도 보자니까 은미는 인상을 찌푸렸다.
"제가 언제 그림을 그렸다고 그래요?"
어이가 없었다. 귀찮으면 귀찮다고 말을 하지, 은미는 왜 자꾸 거짓말을 하는 걸까.

독일의 시인 릴케가 말했다.

마음속의 풀리지 않는 모든 문제들에 대하여
인내를 가지라
문제 그 자체를 사랑하라
지금 당장 해답을 얻으려 하지 말라

그건 지금 당장 주어질 순 없으니까
중요한 건
모든 것을 살아 보는 일이다
지금 그 문제들을 살라
그러면 언젠가 먼 미래에
자신도 알지 못하는 사이에
삶이 너에게 해답을 가져다 줄 테니까

얼토당토않은 소리다.

그런 게 가능할 리 없다.

그는 대단한 예술가지만 치매에 관해선 내가 더 한 수 위다.

정 계장은 나를 박쥐라고 부른다. 자꾸 이리저리 말을 바꿔서 그렇단다.

"도우미 따위 필요 없다고 할 땐 언제고, 이젠 없어선 못 사는 모양이네."

"그런 게 아니야. 살다 보니 익숙해진 거지."

"허허, 사람 참. 죽어도 한 번에 인정을 안 하는군. 그래, 어떻든가? 그래도 없는 것보다야 낫지?"

"아무래도 그렇겠지. 요즘 들어 깜빡하는 주기도 짧아지는 것 같고."

"약을 먹어도 계속 그렇단 말인가?"

"그래. 약효가 영 없는 모양이야. 이것저것 바꿔 봐도 그러네."

"참, 나이가 들수록 위장은 약해지는데 먹는 약은 늘고. 자네나 나나 고생이 이만저만이 아니네."

우리는 동시에 웃음을 터뜨렸다.

"그런데 말이야."

정 계장은 대뜸 목소리를 낮추며 상체를 앞으로 기울였다.

"그 여자, 정말 믿을 만한 사람인가?"

"응? 그게 무슨 말이지?"

"왜, 그렇잖은가. 부인이 올 때까지 집안엔 자네와 그 여자, 둘밖엔 남아 있지 않을 텐데. 혹 나쁜 마음이라도 품고 있다면—."

"예끼, 이 사람아. 그런 말 꺼내지도 말게. 날 도우러 온 사람이야. 백 번 절을 해도 모자랄 판에 의심이라니, 당치도 않을 소릴세."

"자네는 사람이 너무 물러서 탈이야. 도둑이 어디 나 훔쳐 가요, 하고 훔쳐 가는가? 사람 좋아 보일수록 위험한 법이야. 내 말 명심하게. 값어치 있는 건 미리미리 숨겨 놓고."

"아 글쎄, 그럴 일 없다니까."

"그럴 일 없긴. 조심해서 나쁠 게 뭐가 있는가?"

"……그런가."

"그렇다니까. 나중에 또 딴소리하지 말고 어여 메모장에 적어두게. 언제 까먹을지 모르니까 말이야."

정 계장의 말에 나는 서둘러 서랍장을 뒤졌다. 메모장. 메모장. 메모장. 분명 여기 어딘가에 넣어 둔 것 같은데…….

"허허, 사람 참. 맨 밑의 서랍에 있지 않은가. 금세 까먹은 게야?"

정 계장의 말대로 메모장은 서랍 맨 밑에서 나왔다.

어떻게 정 계장이 나보다 내 일을 더 잘 아는 걸까?

이 집이 정말 내 집이 맞긴 한 걸까?

✦✧

악몽을 꿨다.

어느 허허벌판 가운데서 나 혼자만 흙구덩이에 빠진 꿈이었다.

나오려고 아무리 발버둥을 쳐도 안 됐다. 그럴수록 몸은 더 깊이 내려가고 호흡이 가빠져 숨쉬기가 어려웠다.

은미는 멀찌감치 떨어져 앉아 내 모습을 지켜보고 있었다. 정신없이 소리를 지르는데도 꿈쩍 않고 방관만 하고 있었다. 얼핏 웃고 있는 것처럼도 보였다. 내 몸부림이 우스워죽겠다는 듯이 잇몸을 드러내고 깔깔깔 즐거워하는 것처럼 보였다.

그 순간에 잠이 깼다. 무서운 꿈이라고 생각했다. 그러나 나는 무섭지 않았다. 그것이 꿈이었다는 걸 분간할 줄 안다면 그것은 전혀 무서워할 일이 아니기 때문이다.

장롱문에 등을 기대고 앉아 그림 그리고 있는 은미를 가만히 지켜봤다. 왼편에 도화지가, 오른편에 은미가 보인다. 은미는 지금 나뭇가지에 앉은 새 한 마리를 옮겨 그리고 있다. 창밖의 새는 한시도 가만히 있지 못하고 부리를 움직이는데 도화지 속의 새는 미동조차 없다. 얌전히 앉아 은미의 손이 닿기를 기다리고 있다.

햇볕이 은미의 등을 안았다. 뒤로 꽂은 머리핀이 하얗게 부서지며 방 곳곳에 뿌려졌다. 바쁘게 움직이는 은미의 손만 남긴 채 빛이 주위의 풍경을 빈틈없이 메워 갔다.

그런데 완성된 그림은 창밖의 새와 하나도 닮지 않았다. 저 새는 파란데 이 새는 검었다. 눈도 총명하지 않고 털에 윤기도 없다. 그저 슬퍼 보였다.

그제야 깨달았다.

혹시 내 존재가 은미를 힘들게 하고 있는 게 아닐까.

집 안에 응당 있어야 할 물건이 보이지 않았다. 그런데 그게 뭐였는지 몰라서 가슴이 답답했다. 뭘까. 뭐였을까. 뭐길래 이리도 허전한 마음이 들까.

그러고선 하루 종일 잊고 있다가 TV를 보던 참에 퍼뜩 떠올랐다.

"아아 그렇지, 나리! 우리 나리가 보이지 않네. 어디다 묶어 뒀소?"

그러자 옆에 있던 여자가 말했다.

"나리가 뭐예요?"

나리는 집 뒤뜰에 묶어 키우는 잡종견이다. 설명해 주자 여자는 고개를 갸웃거렸다.

"어르신, 우리 집에 개가 어딨다고 그래요."

이상하다. 분명 어제 밥 줄 때까지만 해도 있었는데.

당황해서 뒤뜰로 나가려고 하자 여자가 황급히 내 앞을 가로막았다.

"어디 가시게요?"

"뒤뜰에."

"뒤뜰엔 왜요?"

"아 우리 집 개가 없어졌다 하지 않나. 얼른 가서 찾아 봐야지."

"어르신."

"아 왜!"

"이 집에 뒤뜰은 없어요. 베란다라면 모를까."

이 여자가 대체 무슨 소릴 하는 걸까.

치매에 걸린 뒤로는 당최 알 수 없는 일들뿐이다.

✦✧

문득 손목이 허전한 느낌이 든다.

원래 이 자리에 뭔가가 있었던 것 같은 느낌이 든다.

있어야 할 것 같은 느낌이 든다.

금색 테두리에 하얀 알맹이. 제법 묵직했던 느낌이 든다.

그 물건은 다름 아닌 아버지의 유품이다. 살아생전 자식들에게 용돈 한 푼 쥐여 주지 않던 사람이 처음이자 마지막으로 남기고 간 물건이다.

나는 물건을 찾기 위해 방안을 뒤진다. 옷장 문을 열고 서랍장을 뒤집는다. 그런데 아무리 찾아봐도 없다. 보이지 않는다.

옆에서 가만히 지켜보던 은미가 딱 한 마디 내뱉는다.

"어휴 이 사람, 또 시작이네."

세상에 나 혼자만 간직해서 의미 있는 경험은 없다. 사람은 누구나가 자신의 것을 남에게 보여 주고 싶어 한다.

나도 내가 가진 생각을 남들에게 알려 주고 싶었다. 기억을 잃은 자의 하루. 그게 어떤 고통일지 빠짐없이 들려주고 싶었다.

그러나 언제부터인가 사람들은 내 말을 믿지 않기 시작했다. 어떨 땐 나보다 나를 더 잘 안다는 듯이 말하기도 했다.

치매. 어쩌면 이 병은 기억보다 신뢰를 잃어가는 과정일지도.

집 안에 노랫소리가 시끄러웠다. 소리를 조금만 줄였으면 싶은데 대체 어디서 나는 소리인지 알 수 없었다. 나는 울고 싶은 심정으로 은미를 찾아다녔다. 하지만 아무리 불러도 은미는 나타나지 않았다. 어쩌면 말소리를 냈는지도 모르지만 노랫소리 때문에 아무것도 들리지 않았다.

악이 바쳐서 소리를 질렀다. 목구멍이 칼칼해질 정도로 소리를 지르는데 귀에서는 여전히 시끄러운 노랫소리밖에 들리지 않았다. 무서웠다. 다른 의미로 내가 사라진 기분이었다. 마치 공기 중에 떠도는 먼지가 된 듯한 기분이었다.

은미는 한참이 지나서야 내 눈앞에 나타났다. 그리곤 손을 뻗어 내 귀에서 뭔가를 떼어 냈다. 분명 방금 전까지만 해도 없던 물건이 내 귀에서 나왔다. 귀마개처럼 생긴 물건이었다. 노랫소리는 그 안에서 들려오고 있었다.

신종 고문법인가.

성질을 부리고 방에 들어갔다.

사람은 가끔 영 실없는 질문을 할 때가 있다.

그중에서도 가장 실없는 질문은 다음 생에 태어나면 과연 뭐로 태어나고 싶냐는 거다.

생과 사는 인간의 영역이 아닐진대.

하지만 기대야 얼마든지 할 수 있지 않겠냐는 마음으로 가만히 생각해 본다.

만약 기회를 준다면 나는 다음 생에 고래로 태어나고 싶다.

거대한 고래가 되어 그 넓은 바닷속을 급하지 않게 유유히 헤엄치고 싶다.

그리고 숨이 다하면 양분이 되어 세상에 도움이 되고 싶다.

그렇게 되고 싶다.

✦✧

 같은 배에서 태어나 한집에서 자라왔으면서도 형제들에겐 늘 소홀해진다. 특히 여동생에겐 여태껏 해 준 게 너무 없어서 떠올릴 때마다 위가 쓰리다. 그래도 오늘은 잊지 않고 기억해 두었다가 밤참으로 옥수수를 먹으며 은미에게 물어봤다.
 "내가 누이에 대해 들려준 적이 있었나?"
 "있었죠."
 은미가 앞니로 옥수수 알맹이를 오독오독 씹어 먹으며 대답했다.
 "뭐라고 하든?"
 "손이 참 고왔다고요. 고생을 하도 해서 얼굴이 많이 상했는데, 이상하게 그 손은 물 한 방울 안 묻혀본 것처럼 희고 깨끗했다고."
 나는 고개를 끄덕였다. 기억은 안 나지만 확실히 내가 한 말처럼 느껴졌기 때문이다. 내 기억 속의 누이도 손이 참 고왔다.
 "키는 작았는데 보통 사내 놈들보다 영글었지. 부지런하고 눈치도 빨라서 어머니가 너는 꼭 부잣집에 시집가거라 하셨는데……."

"당신이 밖에서 두들겨 맞고 오면 아가씨가 대신 가서 복수해 주고 그랬다면서요."

"내가 그런 말까지 했었나?"

"네. 그땐 그 일이 하도 부끄러워서 몇 날 며칠 아가씨랑 눈도 못 마주쳤다고 했잖아요."

"아아, 그래. 그랬었지, 참."

그러고 보니 그런 일이 있었던 것 같기도 하다.

"그 어린 것이 벌써부터 철이 들어서 어머니 일을 옆에서 참 많이 도와줬지. 겨울만 되면 손이 꽁꽁 얼어서 숟가락질도 못할 지경이었으니까. 어머니가 정신없다고 가거라, 가거라 해도 한사코 붙어선 일을 거들었었는데……."

"어머니 성격을 그대로 물려받으신 거겠죠. 어머니도 참 부지런하셨으니까."

"그래, 어머니가 그랬지. 그러고 보면 인물도 어머니 얼굴을 딱 빼다 박았어. 쌍꺼풀도 진하고, 속눈썹도 기다란 게. 다른 집 같았으면 공주 대접을 받았을 거야. 그 아이 혼기를 놓친 게 다 내 잘못 같아서 아직까지 죄스러운 마음이 들어. 지금이라도 교육자 집안에 시집가 잘살고 있으니 그걸로 된 걸까."

은미는 말끔히 골라 먹은 옥수수를 비닐봉지에 휙 던져 넣은 다음 가벼운 목소리로 말했다.

"무슨 소리예요. 아가씨는 벌써 돌아가셨잖아요."

"돌아가시다니? 내 누이가 죽었단 말이야?"

"네."

"언제?"

"오래전에요."

머리가 핑 돌았다.

"그럴 리가 없는데…… 죽었으면 장례를 치렀어야 하는데……."

"옛날 일이잖아요. 옛날엔 장례를 못 치르고 가신 분도 많았으니까."

"옛날?"

"네."

나는 은미에게 누이가 언제 죽었는지 물어봤다. 그러자 은미는 모르는 단어를 들은 사람처럼 눈썹을 오므렸다.

"열하나에 돌아가셨다고, 당신이 그랬잖아요."

"내 누이가 열한 살에?"

"네."

그럴 리가 없다. 내 누이는 성인이 될 때까지 버젓이 살아 있었다. 열하나에 죽었다면 내 기억 속 그 여자는 대체 누구란 말인가.

갑자기 입안에 든 옥수수 알들이 고무 뭉치처럼 느껴졌다. 씹지도 않고 입안에서 빙빙 돌리고만 있으니 은미가 내 턱 앞에 손바닥을 갖다 댔다. 나는 입안의 것을 그 위에 뱉어냈다. 속으로 다시는 옥수수를 먹지 않겠다고 다짐했다.

―어머니 성격을 그대로 물려받으신 거겠죠. 어머니도 참 부지런하셨으니까.

그러고 보니 은미와 살 적에 어머니는 벌써 돌아가시고 없었는데, 은미는 어떻게 그 부지런한 성격을 알았을까.

대체 누구의 기억이 맞는 걸까.

내 집에 들어가기 위해 똑똑똑 문을 두드리면 모르는 사람이 나와서 누구냐고 묻는다. 그러는 당신은 누구냐고 물으면 되려 이쪽이 이상한 취급을 받고 쫓겨나고 만다. 나는 내 집을 찾기 위해 이 집, 저 집 계속해서 문을 두드린다. 나오는 사람마다 이 집은 자기 집이라고 소리친다. 그럼 대체 내 집은 어디에 있단 말인가. 그 답을 얻기 위해 나는 오늘도 정처 없이 길을 헤맨다.

 불 꺼진 방에 나란히 누워 천장을 올려다보면서 은미에게 물었다.
 "누이 말인데, 왜 죽었을까?"
 "수두에 걸려서요."
 "수두에 걸려도 사람이 죽나?"
 "그럼요. 옛날 일이잖아요."
 "옛날엔 안 죽어도 될 사람들이 죽어 나간 모양이네."
 지금은 죽어야 할 사람도 멀쩡히 살아가고 있는데.

 "어서 와요."

은미가 손님을 반겼다. 파마머리를 한 여성이 현관 앞에 서 있었다.

"여보, 규연 씨에요. 접때 얘기했었죠?"

"안녕하세요."

파마머리를 한 여성이 나를 향해 깊이 고개를 숙였다. 탈색을 했는지 머리색이 붉었다. 눈썹 선이 정갈하고 입술이 도톰한 게 전체적으로 귀염성이 짙은 외모였다. 나이는 겨우 마흔 전후일까. 체구는 왜소했지만 어딘가 다부진 인상이었다.

"어서 오시오."

나는 짐짓 밝은 목소리로 여자를 맞이했다.

"이쪽으로 와서 편하게 앉으시오."

나는 여자를 거실로 안내했다. 은미가 부엌에서 과일을 준비해 왔다.

은미가 사과를 깎는 동안 나는 규연이 누구인지 생각했다. 옆얼굴이 낯이 익었다. 기억이 날 듯 안 날 듯했다.

"자, 들어요."

"감사합니다."

여자는 은미가 건넨 포크를 받아들고 거실을 빙 둘러보았다. 거실 벽은 은미가 그린 그림들로 가득했다. 여자가 그것을 눈으로 가리키며 말했다.

"화가셨어요?"

은미는 뒤를 힐끔 돌아보곤 수줍다는 듯 입술을 오므렸다.

"아니요. 예전에 애들을 잠깐 가르쳤었어요."

"근사하네요."

거짓말은 아닌지 그림을 바라보는 여자의 눈에 감탄이 담겨 있었다.

"저도 어렸을 때 그림을 배웠었거든요. 아주 잠깐이었지만."

"어머, 정말요?"

"네. 그래서 잘 그리지는 못하지만 보는 눈은 있다고 해야 하나? 아무튼, 실력이 정말 대단하세요."

여자가 아양을 떨었다. 은미는 사과를 깎으면서 고개를 흔들었다.

"겨우 흉내만 낼 줄 아는 걸요."

"아니에요. 정말 멋져요. 질감에 차이가 확실히 느껴져요. 몇 년 배웠다고 따라 할 수 있는 실력이 아닌데요, 뭘."

"아주 젊었을 때부터 그렸다우."

나는 은근슬쩍 대화에 끼어들었다.

"그때는 인기도 참 대단했지. 집사람 얼굴 한 번 보겠다고 온 동네 사람들이 집집마다 줄을 섰을 정도니까."

은미가 고개를 들어 내 얼굴을 봤다. 뭘 그렇게까지, 하고 항의하는 듯한 눈빛이었다.

"어머, 정말. 젊었을 적에 엄청 예쁘셨을 것 같아요. 지금도 물론 고우시지만."

"왜 아니겠어? 이놈 장가 한번 잘 갔다고 동네 사람들이 어찌나 수군대던지, 귀에 딱지가 앉을 정도였다니까."

"에이, 어르신도 인기 많으셨을 것 같은데요?"

여자의 말에 나는 손사래를 쳤다.

"내 어머니가 말하기를, 나 같은 팔푼이는 전국 팔도에 널리고 널렸다고 하셨지."

여자가 사과를 아그작 베어 물며 호호호 웃었다. 그 틈에 나는 넌지시 물어보았다.

"그건 그렇고, 우리 집은 어쩐 일로 오셨소?"

"네?"

내 물음에 당황한 듯 여자는 뺨을 긴장시켰다.

은미가 옆에서 재빨리 설명했다.

"이제 다음 주부터 규연 씨가 당신을 도울 거예요."

"네, 어르신. 이제부터 제가 도와드릴 거예요. 필요한 거나 불편한 게 있으면 저한테 말씀하세요."

여자는 포크를 내려놓고 정식으로 인사한다는 식으로 가랑이 사이에 손을 찔러넣었다.

나는 인상을 찌푸렸다.

"돕다니? 뭐를?"

"어르신 식사도 챙겨드리고요, 운동이 하고 싶다 하시면 운동도 같이 도와드려요. 어르신 심심하지 않게 옆에서 말동무도 해 드리고요."

여자가 손가락을 하나씩 고부려가며 설명했다. 이해가 되지 않았다. 나는 은미를 쳐다봤다.

"당신은 어디 가고?"

"내가 외출했을 때만이에요. 접때 말했죠? 일주일에 한 번씩 외출하고 있다고."

"아아!"

나는 한 박자 늦게 짐작 가는 바를 떠올렸다.

"집사람이 없을 때 날 감시하는 사람이군!"

"감시라니, 실례잖아요."

은미가 난처해하며 나직이 주의를 주었다.

"미안허이. 시골에서 자라서 내 표현이 좀 거칠어."

"아니요, 괜찮습니다." 여자는 빙긋이 웃었다.

"전에 일하던 사람들은 전부 그만뒀다우. 요즘 젊은 사람들은 뭐든 오래 하는 법이 없어."

"그런가요?"

"노인네 수발드는 게 어디 쉬운 일인가, 그래? 근데 말이야. 다른 노인네들에 비하면 나는 아주 점잖은 편에 속한다우. 테레비 한 번 봐봐. 벽에 똥칠도 하고 난리도 아니야."

"그냥 보기에도 되게 인자하신 것 같아요."

"정말?"

"네, 정말요."

나는 웃으며 사과를 베어 물었다.

"나는 한평생 철물점을 운영 했다우. 장사만 몇십 년 하다 보면 자연히 사람 보는 눈이 길러지는 법이거든. 자네는 일을 참 영글게 잘할 것 같구먼. 사근사근하니 부모님한테도 잘하겠어. 아아, 그리고 보니……."

나는 아주 작은 글씨를 볼 때처럼 눈을 가늘게 떴다.

"자네는 우리 막내딸을 많이 닮았구먼."

내 말에 은미와 여자의 얼굴에서 한순간 표정이 사라졌다.

"그래, 어디서 봤나 했더니 우리 막내딸이야. 눈도 크고 귓불이 얇은 게 딱 우리 딸을 닮았어. 안 그런가?"

나는 은미를 바라봤다. 은미는 근육 쓰는 법을 까먹은 사람처럼 어색하게 입꼬리를 당겨 웃었다.

"그러네요, 정말."

"혹시 해서 하는 말인데, 내가 전에도 같은 얘길 했었소?"

"아니요, 어르신. 오늘 처음 하셨어요."

"그거 다행이군. 요즘 자주 깜빡깜빡해서 이게 전에 했던 얘긴지 아닌지 헷갈리거든. 아무튼 잘해 봅시다. 힘든 일은 없을 거요."

내가 손을 내밀자 여자가 그 손을 맞잡았다. 노인네 수발드는 일을 하는 것치곤 여자의 손은 몹시도 보드라웠다.

뭐가 이리 허전한가 했더니 옷을 입고 있지 않았다. 나 혼자 발가벗고 거실에 앉아 있었다. 여기서 뭘 하려던 참이었을까. 은미는 대체 어디에 있을까.

◆✧

 고개를 돌리니 은미가 나를 내려다보고 있었다. 하얗게 웃고 있었다.
 "일어났어요?"
 은미가 내 머리를 쓸어주었다.
 나는 가만히 눈을 깜빡였다.
 "벌써 여름이 와버렸어요. 저기, 보여요?"
 은미가 창문 밖을 가리켰다. 창문 밖은 파랬다. 녹색 이파리들이 하늘에 손을 뻗듯 아무렇게나 자라나 있었다.
 은미는 숨을 깊게 들이마셨다.
 "여름 냄새, 좋다."
 나도 은미를 따라 코를 벌름거렸다.
 "저기."
 은미가 갑자기 표정이 진지해져선 말했다.
 "규연 씨한테는 안 그럴 거죠?"
 뭐를?
 "소리치지 않고, 말썽부리지 않고, 얌전히 있을 수 있죠?"

아아, 그럼. 그건 걱정하지 마.

"부탁할게요. 나한테는 괜찮지만, 남에게까지 폐를 끼치면 안 되잖아요. 잘할 수 있죠?"

허허, 이 사람. 알았다니까 그러네.

내 마음을 읽었는지 은미는 표정을 누그러뜨렸다.

은미는 갑자기 손바닥을 짝 마주쳤다.

"아아, 오늘은 날이 더우니까 오랜만에 콩국수를 해먹어 볼끄나?"

은미가 장난꾸러기처럼 코를 찡그렸다.

나는 은미를 따라 얼굴을 찌푸려 보았다.

얼굴이 마음대로 움직여 주지 않았다.

점심을 먹는다.

대접에 누런색 국물이 그들먹하게 담겨 있다.

은미가 젓가락으로 국물을 휘휘 젓자 그물에 걸린 담수어처럼 국수 가락이 올라온다.

내 앞에 수저는 보이지 않는다. 은미가 떠먹여 주면 나는 그것을 받아먹는다. 국수는 걸쭉하고 미끄덩하다.

"꼭꼭 씹어야 해요."

나는 은미가 시키는 대로 열심히 턱을 움직인다. 걸쭉하고 미끄덩한 것이 씹을 때마다 고소한 냄새를 풍긴다.

은미는 한 손으로 머리카락을 잡고 국수를 먹는다. 입술에 하얀 국물이 묻는다. 닦아 주기 위해 손을 뻗자 은미가 가볍게 도리질을 한다.

"내가 닦을게요."

은미가 손수건으로 입을 닦는다. 손가락에 반지가 보이지 않는다. 나는 음식물을 꼭꼭 씹어 삼킨다.

"기억나요? 당신, 콩국수 참 좋아했었는데."

은미가 국물을 떠서 입으로 가져온다. 입을 벌려 숟가락을 물자 차가운 물이 입술 옆으로 쪼르륵 흘러내린다. 은미가 숟가락을 놓고 반지 없는 손으로 내 입을 닦아 준다.

"왜, 여름만 되면 같이 콩국수 먹으러 다녔었잖아요."

나는 가랑이 사이에 손을 넣고 은미를 바라본다.

은미의 말을 생각해 본다.

"기억, 안 나요?"

은미의 얼굴이 일그러진다.

나는 무서워서 재빨리 시선을 피한다.

내 머릿속에 전지가위가 든 느낌이다.

기억을 떠올리려 할 때마다 싹둑싹둑 잘려 나가는 기분이다.

날은 또 어찌 이리 잘 드는지 잠깐 스치기만 해도 두 동강이 나 버린다. 정원사가 따로 없다.

답답해서 미칠 노릇이다.

TV를 보다가 물어봤다.

"오늘 찾아온 사람 말이야, 몇 살이래?"

"오늘 찾아온 사람? 누구요?"

"왜, 일하러 온 사람 있잖아. 이름이 규연이라고 했던."

"규연?"

은미는 처음 듣는다는 듯이 고개를 갸웃했다.

"왜, 머리 빨갛게 물들인 여자 있잖아. 동글동글하게 생긴 여자."

"글쎄요……, 오늘은 집에 아무도 안 왔었는데."

"허허, 사람 참. 당신 그림 보고 잘 그린다고 했던 여자 있잖아. 자기도 예전에 그림 배웠었다고, 척 보면 알 수 있다고 했던 여자. 김규연이라는 여자."

"김규연…… 잘 모르겠는데."

은미는 자꾸만 고개를 흔들었다. 나는 조바심이 났다.

"이 사람아, 그 얼마나 지났다고 기억을 못해? 날 도우러 온 사람 있잖아. 운동하는 것도 돕고, 옆에서 말동무도 해 준다고 했던 사람."

"아아."

그제야 생각이 났는지 은미는 눈썹을 실룩거렸다.

"방문요양사분 말이에요?"

"그래, 그래. 방문요양사인지 뭔지, 이름은 잘 모르겠지만."

"그거, 전에 당신이 필요 없다고 했잖아요."

"내가?"

"네. 혼자 있으면 위험하다고 부르자니까 당신이 한사코 말렸잖아요. 불편하기만 하다고."

은미의 말을 이해할 수 없었다.

"아니, 이 사람아. 언제 적 얘길 하고 있어. 그랬다가 당신이 다시 불렀잖아. 일주일에 한 번씩은 꼭 필요하다면서."

"내가 언제 그랬어요……."

"나 때문에 벌써 몇 명이나 그만뒀다면서. 목요일마다 찾아온다면서. 그랬잖아. 당신이 그랬잖아!"

나도 모르게 언성이 높아졌다. 은미는 한순간 입을 다물더니 이윽고 안쓰러워 죽겠다는 표정으로 나를 쳐다봤다.

"따뜻한 물 한잔 드릴까요?"

나는 필요 없다고 말했다. 그런데도 은미는 물 한잔하면 나아질 거라면서 소파에서 일어나 부엌으로 향했다. 자리를 피하는 것 같았다.

이제는 은미마저 날 괄시하는 걸까. 기억하지 못한다고, 당연히 내 말은 틀린 거라고 생각하는 걸까. 그래서 날 업신여기는 걸까.

머릿속이 혼란스럽다. 은미마저 저러니 진짜 환자가 된 기분이다.

화가 났다. 짜증이 났다. 탁자를 뒤집어엎었다.

매번 어둠 속에서만 눈을 뜨다가 반대로 점 하나 보이지 않는 새하얀 복도에서 눈을 뜰 때가 있다. 그곳은 앞과 뒤, 옆, 모두 희고 밝다. 밝아서 좋긴 하지만 이건 이거대로 무서운 구석이 있다. 어두울 때는 잘 보이지 않더니 이제는 밝아서 저 먼 곳까지 훤히 다 볼 수 있다. 어둠은 상상을 동반한다. 그래서 지금은 보이지 않지만 언젠간 끝이 오리라고 희망할 수 있다. 하지만 빛은 다르다. 저 멀리까지 전부 내다보이기 때문에 끝이 오지 않으리란 걸 눈으로 직접 확인할 수가 있다. 그래서 더 무섭다. 가끔은 보지 않는 편이 마음이 더 편할 때가 있다.

TV 채널을 돌리다가 치매 환자가 나오는 걸 봤다.
"여봐, 당신 좋아하는 거 나온다."
나는 안방에 있을 은미를 불렀다.
"어이, 여봐! 테레비!"
은미는 대답이 없었다.
저 사람이 웬일이지? 나는 혼자서 TV를 봤다.
8년간 모친을 모시고 산다는 여자는 눈시울을 붉히면

서 이렇게 말했다.

"엄마가 잘못하면 제가 막 혼을 내요. 그러면 엄마가 울거든요? 근데요, 제가 먹을 걸 주면 울면서도 또 금방 그걸 받아먹어요. 딸한테 그렇게 혼나고 나서도 먹을 걸 주면 넙죽넙죽 받아먹는다니까요? 그게 너무 불쌍해요. 불쌍해서 미칠 것 같아요."

등이 꺼슬꺼슬해서 돌아보니 소파 가죽이 전부 뜯겨 있었다. 꼭 고양이가 할퀴고 간 자리 같았다. 이래서 문단속을 철저히 해야 한다니까. 은미에게 말해 주도록 하자.

인간은 어디에서 나와 어디로 향하는가.

……거짓말.

나는 말했다.

"아니, 참말일세. 자네 부인은 그날 울고 있었던 거야."

아니야. 그럴 리가 없어.

나는 항변했다.

"자네는 그걸 뻔히 봤으면서도 못 본 척했어. 이유가 뭐지?"

아니야. 나는 몰랐어. 은미가 슬퍼하는지 몰랐어.

"그걸 알은체하면, 부인이 떠날까 봐 무서웠던 게 아닌가?"

아니야. 아니야. 나는 몰랐어. 정말 몰랐어.

"치매에 걸리면 사람이 징글징글해진다더군. 자기밖에 모르고 성질이 고약해지지. 자네라고 다를 것 같나?"

나는 꾸준히 약을 먹고 있어. 한 번도 약을 거른 적이 없어. 나는 아직 은미를 잊어버리지 않았어.

"잊었다는 기억조차 잊어버리는 것, 그게 바로 치매야."

아니야. 아니야. 나는 아니야. 나는 아직 건장해. 말짱하단 말일세.

"언제까지 못 본 척할 수 있을 것 같나? 자네 부인도 이젠 한계야. 더 늦기 전에 결심해야 하네."

결심? 결심. 결심이라…….

"만약 자네가 하지 않는다면 부인이 먼저 행동하겠지. 그때 가서 슬퍼하지 말라고."

그 말에 결국 나는 대꾸하지 못했다.

눈을 뜬다.
주변이 어둡다.
다시 눈을 감는다.

집안이 소란스럽다. 거실이 엉망이다. 탁자와 소파가 뒤집히고, 여기저기 유리가 깨져 있다. 그 가운데 한 여자가 피를 흘리고 있다. 거실에 무릎을 꿇고 앉아 기도하듯 몸을 웅크리고 있다. 그 앞에 남자 둘이 서 있다. 한쪽은 키가 크고, 다른 한쪽은 뚱뚱하다. 나는 그들이 누구일지 생각한다. 왜 남의 집 거실에 신발을 신고 들어와 있는지 생각한다. 그러나 생각이 나지 않는다.

한 남자가 뒤를 돌아본다. 나와 눈이 마주친다. 그는

다소 화가 난듯한 걸음걸이로 다가온다. 내 앞에 똑바로 서서 나를 내려다본다. 안경을 쓰고 비쩍 말랐다. 그 위압감에 내 몸은 자동으로 움츠러든다.

"왜 그랬어요?"

남자가 묻는다. 나는 그의 말을 이해하지 못한다. 당연히 대답도 하지 못한다. 그러자 남자가 언성을 높인다.

"대체 왜 그런 거냐고요! 이유가 있을 거 아니에요!"

나는 남자의 말을 이해하기 위해 집 안을 둘러본다. TV. 선반. 베란다 화분. 우리 집이 맞다. 확실히 기억난다. 그러나 여자가 울고 있는 이유에 대해선 짐작도 가지 않는다.

남자가 계속 추궁한다. 내 어깨를 잡고 흔들기까지 한다. 나는 혼란스럽다. 혼란스럽다 못해 공포를 느낀다.

나는 은미를 찾는다. 은미가 있을 부엌과 화장실을 쳐다본다. 그러나 은미는 오지 않는다. 대답 소리조차 들리지 않는다.

"그만 좀 하시라고요!"

남자가 소리를 지른다. 나는 눈물을 흘린다. 나는 왜 은미가 나를 도와주지 않는지 생각한다. 슬픔을 느낀다. 나는 계속 눈물을 흘린다. 눈물이 멈추지 않는다.

가능만 하다면 내 머리를 박물관에 기증하고 싶다.
그러면 사람들도 더 이상 답답해하지 않아도 될 텐데.

"오늘 아침에 또 한바탕 했다면서?"
정 계장이 웃으며 말했다.
"그게 무슨 말이야, 한바탕이라니?"
"이 사람, 그 난리를 쳐 놓고도 잊어버린 겐가? 자네 집에서 일하던 요양보호사 말일세. 자네가 도둑으로 몰아 내쫓았지 않은가."
"요양보호사?"
"그래. 저번 주부터 일하기 시작했다는 사람 있잖은가, 왜. 자네가 딸내미 닮았다고 좋아했던 사람."
나는 고개를 갸우뚱했다. 정 계장의 말을 이해할 수 없었다.
"우리 집에 요양보호사가 어딨다고 그러나. 내가 은미한테 절대 받지 말라고 그랬는데."

"허허, 사람 참."

정 계장은 지긋지긋하다는 얼굴로 팔짱을 꼈다.

"지금까지 거쳐 간 사람만 몇 명인데 그걸 기억 못하나? 자네 부인이 외출할 때마다 와서 봐주지 않았는가."

"그래, 나도 처음에는 그런 줄 알았어. 근데 아니라잖아. 그런 사람은 없다고 했다니깐?"

"대체 누가 그랬다는 건가."

"아내가 그랬어. 우리 집에 따로 와주는 요양보호사는 없다고."

정 계장은 큼지막한 콧구멍으로 킁, 하고 바람을 내뿜더니 갑자기 이를 드러내고 웃기 시작했다.

"이, 이봐. 갑자기 왜 웃는 거지?"

"자네는 그게 문제야. 부인 말이면 무조건 믿고 보니 일이 이 지경이 되도록 모르고 있던 것 아니겠나."

"그, 그게 무슨 말인가……."

"자네, 한 번이라도 부인 말을 의심해 본 적이 있나?"

"의심이라니? 내가 왜 아내 말을 의심해야 하지?"

"진실을 알아야 하니까."

"진실?"

"그래, 진실."

정 계장은 문득 목소리를 낮추었다.

"지금까지 자네를 돕겠다고 온 요양보호사만 열 명이 넘어. 내가 아는 사람만 그 정도니 실제론 아마 더 많겠지. 그런데 오는 사람마다 한 달을 채 버티지 못하고 그만두는 거야. 왜? 자네가 여간 지랄 맞게 구는 게 아니니까. 애먼 사람을 도둑으로 몰질 않나, 밥을 굶겼다고 생떼 부리질 않나. 허구한 날 고성에, 방가에, 어떨 때는 물건을 집어 던지기도 하고 주먹으로 위협을 가한 적도 여러 번이지. 이러니 일하겠다고 나설 사람이 어딨겠는가? 그마저도 부인이 사정사정해서 겨우 와 주긴 했는데, 이제는 그 바닥에 소문이 쫙 퍼져서 누구도 이 집에 오려고 하질 않아. 그게 무슨 뜻인 줄 아나? 지금부턴 자네 부인 혼자서 그걸 도맡아야 한단 걸세. 하루 종일 자네 뒤만 졸졸 따라다니면서 치우고, 말리고, 정리하고, 혼자서 다 감당해야 한단 그 말일세."

나는 아무 말도 하지 못했다. 난해한 수학 문제를 앞에 둔 것처럼 그저 복잡한 심정으로 정 계장의 얼굴만 바라봤다. 그러자 정 계장은 머리를 흔들며 쯧쯧쯧 혀를 찼다.

"또, 또, 그 표정. 나는 모른다, 아무 잘못 없다, 기억이 안 난다, 하는 표정. 기억이 안 나면, 자네 잘못은 없는 게 돼 버리나? 아니지, 이 사람아. 물은 이미 엎질러져 버린걸. 자네가 기억하지 못해도 오늘 아침 자네가 요양보호사에게 한 행동은 사라지지 않아. 애먼 사람에게 부인 반지를 훔쳐 갔다고 뒤집어씌우고 유리잔을 집어던진 일은, 기억이 아니라 사실일세. 결코 사라지지 않는다고."

정 계장이 한심한 눈으로 나를 쳐다봤다. 대꾸하지 않으면 또 무시당할 것 같아서 무슨 말이라도 하고 싶었는데 목구멍에서 아무 소리도 나오지 않았다.

잠시 후, 정 계장은 흙이라도 뱉어 내는 듯한 말투로 이렇게 말했다.

"더 늦어지기 전에 어서 결정하게. 부인이 불쌍하지도 않은가?"

정신을 차리자 불 꺼진 방 안에 나 혼자 있었다.
고요함이 머리를 찍어 눌렀다.

책이 싫다. 읽지 못해서 싫다.

TV도 싫다. 이해하지 못해서 싫다.

유머가 싫다. 하나도 웃기지 않아서 싫다.

싫다.

싫다.

싫다.

그냥 다 싫다.

요에 누워 있지만 누워 있는 기분이 들지 않는다.

나라는 존재는 거기 없고, 축축한 열 덩어리가 대신 놓여 있는 것처럼 느껴진다.

땀은 흘리는데 감각이 없고, 책은 읽는데 문장이 없다.

해가 지는데 하루가 없다.

더 이상 살아갈 이유가 있을까.

새벽에 일어나 벽을 더듬으며 밖으로 나갔다. 거실은 어둠에 잠겼지만 베란다에서 들어오는 푸른빛이 희붐하게 족장을 비춰 주었다.

부엌과 거실 사이에 있는 진열장 앞으로 갔다. 그 안에 은미의 그림이 가득했다. 유리창을 옆으로 밀어 연 뒤 그림 몇 장을 가지고 나왔다. 은미가 그린 그림이 여섯 장, 내가 그린 그림이 두 장 있었다.

나는 둘 다 사과를 그렸다. 찌그러진 원 안에 붉은색이 덕지덕지 묻어 있었다. 옆에 큼지막하게 '사과'라고 적어 두지 않았으면 바로 알아보지 못했을 만큼 실력이 형편없었다.

반면 은미의 그림은 아름다웠다. 은미는 여섯 장 모두 사람을 그렸다. 앞을 보기도 하고, 옆을 보기도 하고, 아예 뒤통수만 보이는 그림도 있었다. 남자였다. 은미가 나를 그렸다는 사실을 알 수 있었다.

나는 어둠 속에 손을 뻗어 그림 표면을 매만졌다. 이유 없이 눈물이 났다. 아름다운 그림을 앞에 두고 왜 눈물을 흘리는지 스스로도 이해하지 못했다. 다만 전에 은미가 했던 말이 떠올랐다. 은미는 그림 속에 작가의 마음이 투영된다고 믿었다. 선 하나하나에 그린 이의 기분이나 성품, 기질 같은 것이 함께 묻어나서 사물과 조화를 이루는 것이라고 생각했다. 그리고 나는 보았다. 그림 안의 내가 울부짖는 모습을. 고통 속에 어쩔 줄 몰라 하며 온몸을 찢어발기고 싶어 하는 모습을. 그것은 그림 자체로는 표현되지 않았다. 그림은 분명 아름다웠다. 하지만 그린 자의 마음이 선과 색에 묻어 버렸다. 고스란히 남아 버렸다.

그제야 나는 겨우 은미의 기분을 이해할 수 있었다.

결심하기까지 그리 오래 걸리지 않았다.

이만 죽어 버리자.

열심히 서랍을 뒤지고 있는데 뒤에서 은미가 물었다.

"뭘 찾고 있어요?"

나는 미리 생각해 둔 대로 대답했다.

"서재에 책이 많아서 말이야. 묶을 노끈 같은 게 있으면 좋겠는데."

그러자 은미는 고개를 갸웃했다.

"여보, 우리 집엔 서재가 없잖아요."

아뿔싸. 나는 허둥지둥 말을 얼버무렸다.

"서재가 뭐 별건가. 책이 있으면 거기가 서재지."

다행히 은미는 의심하지 않았다. 부엌으로 가더니 하얀색 노끈 하나를 쥐고 왔다.

"자요, 이걸 써요."

나는 은미가 준 노끈을 받아들고 안방에 들어갔다. 문을 잠그고 커튼을 쳤다. 이제 옷장 문을 열어 봉에다 줄을 묶기만 하면 된다. 벌써 20년을 버틴 옷장이다. 노인네 하나 정도는 거뜬히 들어줄 것이다. 나는 이곳에서 목을 매고 죽는다.

봉에 줄을 묶으려는데 이상하게 잘되지 않았다. 매듭을 지을라치면 풀리고, 매듭을 지을라치면 풀리고 했다. 조바심이 났다. 이제 줄 묶는 법까지 잊어버린 걸까. 하는 수 없이 목에 직접 줄을 감기로 했다. 이렇게 줄을 목걸이처럼 두른 다음, 양손을 교차시켜 있는 힘껏 잡아당기면 된다. 그렇게 했다. 그런데 졸리지 않았다. 팔이 부들부들 떨릴 정도로 잡아당기는데도 목은 편안히 호흡하고 있었다. 왜 그럴까. 뭐가 잘못된 걸까.

거울 앞에 가서 넥타이를 매듯 따라해 보았다. 쉽지 않았다. 예전에 은미가 매주던 게 생각나서 거실로 나갔다. 은미에게 줄을 쥐어 주고 이걸로 내 목을 좀 졸라 달라고 부탁했다. 은미는 생소한 나라말을 들은 사람처럼 고개를 갸웃거렸다. 이렇게, 이렇게, 나는 손짓까지 섞어가며 설명해 주었다. 은미는 끝끝내 이해하지 못했다. 답답했다. 속에 천불이 났다. 줄을 집어 던지고 안방에 들어갔다. 문을 쾅 닫았다.

슬프다. 슬프다. 마음이 너무 슬프다. 슬퍼서 미칠 것 같다. 그런데 왜 슬픈지 알 수가 없다. 내가 왜 울고 있는지 모르겠다. 이유만 알아도 이렇게까지 슬프진 않을 텐데.

면역력 강화와 질병 개선에는 모차르트 피아노 협주곡 23번 1악장이 좋다.

어느 살인자의 노트에 적혀 있었다는 내용인데, 사실일까?

✦✧

그러고 보니 딸에게서 연락이 안 온 지가 한참이나 됐다. 무슨 일이라도 생겼나 싶어 아비로서 걱정이 많이 된다. 은미는 다 큰 딸이 뭐가 걱정이냐고 하지만, 자식이란 부모가 관속에 들어갈 때까지 속을 썩이는 존재다. 늦은 나이에 얻은 딸이라 더 그렇다.

옛날부터 동네 사람들은 아들이 더 귀하다고 했지만 나는 딸이 더 좋았다. 나는 어딜 가든 항상 딸을 데리고 다녔다. 은행에도 데리고 가고, 버스를 몰 때도 항상 옆자리에 태우고 다녔다. 오르는 승객마다 딸을 예뻐했던 기억이 난다. 딸은 바닥에 닿지도 않는 발을 앞뒤로 신나게 흔들어 재끼며 사람들을 구경했다. 그 모습을 보고 있자면 일을 하는데도 하나도 힘들지 않았다.

다음 생에 태어나면 뭐로 태어나고 싶냐는 질문에 다시 답을 해야 할 것 같다.

나는 나로 태어나고 싶다. 그래서 딸을 만나고 싶다. 만

나서 안아주고 싶다. 많이 많이 사랑한다고, 잊기 전에 말해 주고 싶다.

그때로 돌아가고 싶다.

밤중에 눈을 떴다. 은미는 보이지 않았다. 슬그머니 침대에서 내려왔다. 맨발로 저벅저벅 바닥을 걸었다. 문을 열고 나갔다. 어둠이 짙었다. 나는 계속 걸었다. 현관에 도착했다. 발가락에 걸리는 대로 신발을 신었다. 끈을 묶으려는데 잘되지 않았다. 그냥 나갔다. 찬바람이 훅 끼쳤다. 계단을 올라갔다. 높이 올라갔다. 옥상 문이 나왔다. 열리지 않았다. 다시 시도했다. 열리지 않았다. 어떻게 해도 열리지 않았다. 문고리와 씨름하고 있는데 은미가 달려왔다. 뒤에서 나를 안았다. 진정하라고 말했지만 진정되지 않았다. 나는 결국 은미 손에 이끌려 계단을 내려왔다. 발바닥이 가슬가슬해서 쳐다보니 맨발이었다. 신발은 벗겨진 걸까 아니면 처음부터 신지 않았나. 모르겠다. 그냥 슬펐다. 슬퍼서 울었다. 하염없이 눈물만 났다. 죽는 것도 쉽지가 않다.

꿈속에서 내가 말했다.
"여보, 날 좀 죽여 줄 수 없겠소?"
그러자 은미가 대답했다.
"여보, 당신이 날 죽이는 게 더 빠르겠어요."

그건 정말 꿈이었을까.

어렸을 적 뒷집에 살던 춘기를 그렇게 못살게 굴었었다. 돌을 던지고 매질도 하면서 나름의 울분을 풀었던 것 같다.

춘기는 아파도 절대 울지 않았다. 우는 행위가 나에 대한 패배를 인정하는 꼴이라고 생각하는 것 같았다. 그럴수록 매질을 세게 했다. 누가 이기나 해 보자. 시합하는 기분으로 매를 휘둘렀다.

지금 생각해 보면 그보다 더한 악질이 있었나 싶다. 인간의 탈을 쓴 짐승이나 다름없었다.

그때 행한 죄악을 지금에서야 심판받는 기분이다. 잘못을 했으니 벌을 받는 건 당연하다. 지금까지 편하게 산 값까지 해서 몇 배는 가중해서 벌을 받는 중이다.

사필귀정. 인과응보. 뿌린 대로 거두는 법이다.

지금 생각해 보니 춘기가 그 춘기가 아닌 것 같다는 느낌이 든다. 영 엉뚱한 사람을 두들겨 팬 것 같다. 그 존재는 누구였을까. 애초에 뒷집에 사람이 살긴 했을까.

그렇다면 나는. 그렇다면 나는.

참새 새끼를 기르는 것. 어린아이가 뛰어노는 곳 앞을 지나가는 것. 고급 향을 태우며 혼자 누워 있는 것. 박래품 거울이 조금 어두워진 것을 들여다보고 있는 것. 신분이 높은 남자가 내 집 앞에 차를 세우고 시종에게 뭔

가 묻는 것. 머리 감고 화장하고 진한 향기 나는 옷을 입는 것. 그런 때는 특별히 보는 사람이 없이도 가슴이 설렌다. 약속한 남자를 기다리는 밤은 빗소리나 바람 소리에도 문득 가슴이 철렁 내려앉는다.

여기까지 읽는 걸 보니 오늘은 컨디션이 좋은 것 같다.

 나도 내 삶을 글로 옮겨 적고 싶은 마음이 있다. 그러나 그건 욕심이 지나친 일이다. 세상의 모든 예술은 언어가 중요치 않다. 말을 몰라도, 문화가 낯설어도 그가 전하려는 마음을 이해할 수 있기 때문이다. 음악이 그렇고, 미술이 그렇다. 하지만 문장만은 반드시 번역이 필요하다. 그들이 이해할 수 있도록 친절하게 설명해 주지 않으면 안 된다. 그렇지 않으면 그것은 예술이 아니라 그저 낙서에 불과하다. 내 삶이 그렇다. 어떻게 설명해 줄 방법이 없으니 결국엔 복잡한 낙서로밖에 남지 않는다. 나도 이해 못할 내 삶을 그 누가 이해할 수 있으랴.

✦✧

죽음.

나 같은 사람에게 그것은 기다림이 아니라 사명이다.

오늘은 정말 죽을 수 있을 것 같다. 은미가 락스병을 어디에 감춰 뒀는지 생각이 났기 때문이다. 욕실 서랍장 위, 손이 닿지 않은 위치에 들어 있다. 하지만 변기 커버를 밟고 올라가면 된다는 사실도 나는 알고 있다. 아침부터 글이 술술 읽히더라니, 오늘은 머리가 참 맑다.

가만히 은미가 외출하기만을 기다렸다. 은미는 일주일에 한 번씩 꼭 외출하기 때문에 그 틈을 노릴 생각이었다. 다만 오늘이 그날일지는 확실하지 않았다. 외출 날이 목요일이라는 사실은 알고 있는데 오늘이 목요일이라는 보장이 없다. 아마 그럴 거라고 생각은 하지만 될 수 있는 한 내 기억은 믿지 않는 편이 안전하다. 이런 발상까지 하다니, 오늘은 정말로 컨디션이 좋다.

잠시 후, 다행히 은미가 외출 준비를 하기 시작했다. 겨울인데도 옷차림이 얇았다. 어디 마트에라도 다녀오는 걸까. 그렇다면 시간이 별로 없다. 은미를 배웅하면서도 나는 마음이 바빴다.

은미가 현관문 너머로 사라지고 나서도 혹시 모르니 얼마간 행동하지 않고 기다렸다. 가끔 이렇게 외출하는 척 나를 속인 일이 몇 번인가 있었다. 본인 말로는 걱정이 돼서 그런 거라는데 그냥 내가 못 미더웠을 뿐이다. 또 집을 어질러 놓을까 봐, 청소하기 귀찮아서 그랬던 것뿐이다. 무시당하는 일도 오늘로 끝이다. 내가 죽으면 조금이라도 미안한 마음이 들지 않을까.

정적 속에서 몸을 움직였다. 욕실 문을 열고 변기 커버를 내렸다. 그 위에 조심조심 발을 딛고 올라섰다. 머리는 망가졌어도 몸은 아직 팔팔해서 별로 어렵지 않았다. 규칙적인 운동을 해야 한다는 의사의 말은 옳았다.

선반 가장 위, 분무기처럼 생긴 하얀색 플라스틱 통이 보였다. 한 손에 들기엔 제법 묵직해서 두 손으로 그것을 꺼냈다. 그것을 품에 안고 내려와 욕실 구석에 가만히 웅크려 앉았다. 이상하게 가슴이 뛰었다. 희열 때문인지 공포 때문인지 분간이 가지 않았다. 생각할 겨를도 없이 먼저 뚜껑부터 열었다. 안 열리면 어쩌나 걱정했는데 뚜껑은 너무도 쉽게 돌아갔다. 벗겨진 구멍 안에 콧구멍을 갖다 댔다. 매캐한 냄새가 후각을 자극했다. 치매에 걸리고부터는 냄새도 잘 못 맡았었는데 오늘은 콧구멍마저 깨어 있다. 모든 일이 운명처럼 느껴진다.

액체를 마시기 전에 마지막으로 딸아이의 얼굴을 한 번 봤으면 하는 욕심이 생긴다. 이상하게 집사람보다 딸이 더 생각났다. 아비의 행동을 이해하진 못하겠지만 제발 원망만은 하지 말아줬으면. 그렇게 바라며 액체를 삼켰다. 맛없는 것이 꿀떡꿀떡 몸 안으로 들어왔다. 눈물이 맺히고 콧물이 줄줄 흘러내렸다. 단번에 절반을 비웠다. 통을 내려놓고 무릎을 끌어안았다. 이제 몸속에서 기운이 돌기만을 기다리면 된다.

째깍째깍. 시간은 흘러갔다. 가만히 죽음을 기다리고 있는데 문밖에서 소리가 들렸다. 은미 목소리였다. 나를 찾는지 발소리가 빨랐다. 문을 잠글까도 했지만 그냥 놔두기로 했다. 몸이 움직이지 않았기 때문이다. 무릎 사이에 얼굴을 묻은 채 꼼짝도 할 수가 없었다.

욕실 문이 열리고 흠칫하는 숨소리가 들려왔다. 상황을 이해하려는 듯 얼마간 침묵이 이어졌다. 잠시 후, 은미는 뭔갈 오해했는지 상냥한 목소리로 이곳에서 나가자고 타일렀다. 하지만 곧바로 내 발밑에 놓인 하얀색 플라스틱 통을 발견했다. 뚜껑이 열려 있는 것을 발견했다. 안이 비어 있는 것을 발견했다. 욕실 안이 비명으로 가득 찼다.

"아아, 여보! 대체 무슨 짓을……."

모든 소리가 물속에 가라앉은 것처럼 희미하게 들리기 시작했다.

인간은 어디에서 나와 어디로 향하는가.

그곳에서 나는 당신을 온전히 기억할 수 있을까.

인생이란 참으로 허무하다. 이렇게 왔다가 갈 거, 뭐 하러 그리 아등바등 살아갔나 싶다. 어차피 빈손으로 갈 거, 뭐하러 그리 긁어모으고 살아갔나 싶다.

누군가를 짓밟고 올라가야만 잘 사는 인생이라고 생각했다. 다들 그러니까, 안 그러면 내가 밟히니까 안 밟히려고 악착같이 버텨 왔다고 생각했다. 그러나 아니었다. 나는 단지 고요함이 무서웠을 뿐이다. 아무 소리도 들리지 않는 것이 무서워서, 혼자 남는 게 무서워서 어떻게든 사람들과 얽히려고 했을 뿐이다. 그래야 사는 것 같았다. 고단하고 힘들어도 그게 사람 사는 것 같았다.

사람은 혼자가 되어서야 비로소 자기 메아리를 들을 수 있다. 내가 무얼 위해 살아왔는지, 무얼 위해 노력했는지 알 수 있다. 나는 죽음을 코앞에 두고서야 그 소리를 처음 들어보았다. 하지만 지금까지 혼자가 되어 본 적이 없어서 그 소리가 무얼 뜻하는지 알 수 없었다. 오히려 두려움만 늘어 갈 뿐이었다.

죽음으로 가는 길목에서 나는 입술을 꾹 다물었다. 그래야 소리가 메아리치지 않았다. 메아리가 들리면, 나는 내가 혼자인 걸 안다. 그게 얼마나 무서운지 안다. 이럴 줄 알았으면 살아생전 혼자되는 법 좀 배워 둘걸. 그랬으면 지금보단 덜 외로웠을 텐데.

아버지와 어머니도 이렇게 가셨을까.

살면서 참 많은 음악을 귀로 들었지만 이토록 전율을 느끼도록 만든 소리는 베토벤의 9번 교향곡밖에 없다. 인류 역사상 가장 뛰어난 교향곡으로 인정받는 곡. 만일 하늘에서 인생의 퇴장곡을 허락해 준다면 나는 감히 〈환희의 송가〉를 크게 소리높여 부르고 싶다.

Freude, schöner Götterfunken, Tochter aus Elysium,
환희여, 아름다운 신의 광채여, 낙원의 딸들이여,

Wir betreten feuertrunken, Himmlische, dein Heiligtum!
우리 모두 정열에 취해, 빛이 가득한 성소로 들어가자!

Deine Zauber binden wieder, Was die Mode streng geteilt.
가혹한 현실이 갈라놓았던 자들을 신비로운 그대의 힘으로 다시 결합시키는도다.

Alle Menschen werden Brüder, Wo dein sanfter Flügel weilt.

그리고 모든 인간은 형제가 되노라, 그대의 부드러운 날개가 머무르는 곳에.

Deine Zauber binden wieder, Was die Mode streng geteilt.

가혹한 현실이 갈라놓았던 자들을 신비로운 그대의 힘으로 다시 결합시키는도다.

Alle Menschen werden Brüder, Wo dein sanfter Flügel weilt.

그리고 모든 인간은 형제가 되노라, 그대의 부드러운 날개가 머무르는 곳에.

눈을 떠 보니 보이는 건 온통 백색뿐이었다. 백색 천장에 백색 문, 백색 벽, 그리고 백색 사람. 이곳엔 노래도, 슬픔도 존재하지 않았다. 그저 새하얄 뿐이었다.

나는 고개를 들어 쩍쩍 달라붙는 입으로 백색 사람을 불렀다. 그리고 물었다.

"여보게, 이곳이 천국인가?"

백색 사람은 하던 일을 멈추고 천천히 나를 돌아보았

다. 그리고 말했다.

"그렇습니다."

역시 그런가.

나는 겨우 안심했다. 잘 도착했다. 드디어 당도하고 말았다. 그곳에.

이제 편히 쉴 수 있겠구나.

이제 괴롭지 않아도 되겠구나.

다행이다.

다행이다.

나는 평생 살면서 술은 마셔도 담배는 피워 본 적 없다. 아버지가 폐암으로 돌아가셨기 때문이다. 내 나이 열아홉에 아버지가 돌아가셨다. 아버지는 말했다. "너는 담배 안 배운 걸 평생 감사하게 생각해야 한다." 그때는 그저 고개를 끄덕이고 말았는데 이제는 나도 할 말이 생겼다. "아버지, 아버지는 더 늦기 전에 죽은 걸 감사하게 생각하쇼."

돌아가실 적 내 아버지, 겨우 쉰둘이었다.

이 이야기도 언젠가 한 적이 있겠지.

죽으면 모두 끝이라고 생각했는데, 왜 끝이 나지 않는 걸까.
나는 정말 죽은 게 맞을까?
아니면 죽어서도 치매에 걸린 걸까?
내 마침표는 대체 언제쯤 찍어 볼 수 있을까.

"허허, 이 사람아, 그깟 샴푸 좀 먹었다고 사람은 죽지 않아."
정 계장이 나무라듯 말했다.
"샴푸? 샴푸라니?"
"사람 참. 아 자네가 욕실에서 들이킨 거 말이야. 그게 샴푸가 아니면 대체 뭐란 말인가?"
"아니야…… 나는 분명 락스 물을 들이켰는데…….”
"으하하하하. 이젠 락스 물이랑 샴푸도 구분 못하는

게야?"

"그건……."

나는 부끄러움을 느끼고 고개를 숙였다.

"예전엔 똑 부러지던 양반이 왜 이렇게 형편없어진 거야. 자기 혼자 죽지도 못해?"

"그게, 생각보다 쉬운 일이 아니야……."

"쉬운 일이 아니긴!"

정 계장이 목소리를 높였다.

"사실은 죽고 싶지 않았던 거 아닌가? 살고 싶어서, 비르빡에 똥칠할 때까지 살고 싶어서 일부러 그러는 거 아니냔 말이야."

"아니야…… 그게 아니야……."

"그럼 죽어 봐. 내가 지켜보는 앞에서 죽어 보란 말일세!"

정 계장이 대뜸 손바닥으로 내 뺨을 후려쳤다.

"이, 이보게……."

"못하지? 못하겠지? 무서워서 오줌이 찔끔찔끔 나오지?"

"아니야…… 정말 아니야……."

"아니긴 뭐가! 무서우면 무섭다고 말을 하란 말이야!"

정 계장이 한 번 더 손을 휘둘렀다. 퍽하고 깨지는 소리가 나더니 한순간 시야가 번쩍였다.

"죽어! 죽어! 어서 죽으란 말이야!"

정 계장이 손을 휘두를 때마다 아파서 눈물이 났다. 오줌을 쌌다. 몸의 중심부에서 퍼진 뜨거운 기운이 하반신을 타고 내려가는 게 느껴졌다.

"이, 이보게, 제발, 제발 그만하게. 제발……."

필사적으로 몸을 방어하고 있는데 뒤에서 문 열리는 소리가 들렸다. 형광등 불이 켜지고 어둠이 사라졌다.

"당신, 왜 그래요?"

은미가 의아하다는 듯이 물었다. 나는 그제야 정면을 바라봤다. 어느새 상대는 온데간데없이 사라지고, 화장대 앞에 거울만 떡하니 놓여 있었다.

버쩍 마른 노인 하나가 거울 너머에서 나를 노려보고 있었다.

어느 날 최불암이 길을 걷고 있었다.

그런데 날아가던 참새가 최불암의 머리 위에 똥을 쌌

다.

이에 화가 난 최불암이 말했다.

"야, 넌 팬티도 안 입냐!"

그러자 참새가 말했다.

"넌 팬티 입고 똥싸냐!"

무언가 크게 뒤틀리고 있다.

그런 느낌만 날 뿐, 눈으로 보이지는 않는다.

손에 축구공만 한 풍선이 들려 있다. 색깔은 파란색. 무게가 느껴지지 않고 안이 보이지도 않는다. 이게 뭘까 생각하다가 건너편에 있는 노인을 발견했다. 반쯤 넋이 나간 눈으로 내 손에 잡힌 풍선을 바라보고 있다. 던져 달라는 의사인 것 같았다. 잠시 고민한 다음 노인을 향해 풍선을 날려 보냈다. 풍선은 비 오는 날의 나비처럼 미덥지 못한 움직임으로 덩실덩실 날아갔다. 노인의 이마를

치고, 어깨에 부딪혔다가, 회색 바닥으로 떨어졌다. 그런데도 노인은 한 번도 풍선에 눈길을 주지 않았다. 가만히 보니 노인은 풍선이 아니라 내 가슴팍에 관심을 두고 있었다. 하지만 그곳에는 아무것도 적혀 있지 않았다. 이상한 노인이라고 생각했다.

◆ ◇

눈앞에 낯선 남자가 앉아 있었다. 눈썹 끝이 올라간 게 험상궂게 생긴 남자였다.

"여기가 어딘지 아시겠어요?"

남자가 물었다. 나는 주위를 둘러봤다. 하얀 벽과 천장이 보였다. 병원 아니면 감옥, 둘 중 하나겠지 싶었다. 그렇게 대답했다. 남자가 눈썹을 오므렸다.

"보호사님 때린 거는요? 유리컵 던진 건 기억하세요?"

남자의 말이 이해되지 않았다. 보호사는 뭐고 유리컵은 또 뭘까. 나는 은미를 찾았다.

"그분은 여기 안 계세요."

남자가 책상에 종이 더미를 탁탁 내리치며 말했다. 실제로 이 방엔 남자와 나밖에 없었다. 나는 왜 은미가 보이지 않는지 생각했다.

"이거, 어르신이 쓴 거지요?"

남자가 꼬깃꼬깃한 종이를 한 장 펴서 줬다. 오래됐는지 종이 끄트머리에 색이 바랬다. 종이에 글씨가 적혀 있었다. 확실히 내 글씨체가 맞았다. 나처럼 기억보다 기록에 의지하는 사람들은 무엇보다 자기 글씨체를 알아보는 게 중요하다고 일전에 은미가 당부했었다.

"한 번 읽어 보시겠어요?"

나는 남자가 시키는 대로 했다. 부끄럽지만 자리에서 일어나 큰소리로 또박또박 글씨를 읽었다.

"나는 손병주입니다. 나는 남들과 어울리기를 좋아합니다. 나는 흥이 많습니다. 나는 허리 수술을 두 번 받았습니다. 나는 모자 쓰는 것을 좋아합니다……."

"그 밑에도요."

남자가 말했다.

"그 밑에 살짝 지워진 글씨가 있지요? 그것도 한 번 읽어 보세요."

나는 계속 읽었다.

"나는 집에서 혼자 살고 있습니다. 나의 아내는 사십 년 전에 죽었습니다. 나의 아들과 딸은 모두 독립했습니다.

나는 가족을 사랑합니다. 참, 고맙습니다."

다 읽고 멀뚱히 서 있자니 남자가 다시 한 번 물었다.

"여기가 어딘지 아시겠어요?"

나는 집, 이라고 대답했다.

그리고 왜 은미가 보이지 않는지 생각했다.

다른 건 몰라도 〈TV 동물농장〉은 매주 챙겨 보고 있다.

오늘은 집에서 키우는 일곱 마리의 골든 리트리버들이 소개되었다.

분명 그렇게 소개되었다.

그런데 화면에 나오는 모습은 온통 퍼런 빛깔의 나비들이었다.

나비가 팔랑팔랑 날아다니고 있었다.

이상하다고 생각했다.

어째서 저 사람은 집에 나비를 키우고 있을까.

어째서 저 사람은 나비를 개라고 부르고 있을까.

그리고 보니 개가 어떻게 생겼더라.

개를 어떻게 부르더라.

개 다리가 몇 개더라.

생각이 안 났다.

이젠 골치가 아파서 동물농장도 못 보겠다 싶었다.

TV 전원을 껐다.

날이 좋은 날엔 귀찮아도 밖에 나가려고 노력한다. 막상 나가보면 또 기분이 좋아지기 때문이다. 이젠 걷는 것도 힘들어서 선생님이 휠체어를 태워 주고 있다. 나는 가만히 앉아서 하늘을 바라보고 선생님은 뒤에서 쫑알쫑알 떠들어 댄다. 하는 말에 반도 알아먹지 못하지만 대꾸하기 귀찮아서 그냥 잠자코 듣고만 있다.

그래도 딸아이 이야기가 나오면 나도 덩달아 신이 나서 입을 연다. 오늘은 딸아이가 어렸을 적 이야기를 해 주었다. 아주아주 어렸을 때, 제 오빠가 배를 푹 밟고 지나가는데도 울지 않고 있었던 이야기를 해 주었다. 울음을 터뜨린 건 오히려 오빠 쪽이었다고 하니 선생님이 웃었다.

딸아이는 화가고 현재 대구에 살고 있다. 사위는 철물

점을 운영한다. 슬하에 아들이 둘이다. 하나는 초등학생이고 다른 한 놈은 이제 유치원에 들어간다. 둘 다 사위를 닮았다. 사위는 인물이 없다. 그게 참 아쉽다. 그래도 성격이 사근사근해서 은미와 나에게 참 잘한다. 오늘은 날이 좋아서 그런지 말문이 막 터져나왔다. 운동장을 한 바퀴 다 돌 때까지 나 혼자 쉴 새 없이 떠들었다. 미안하다고 사과하자 선생님은 오히려 잘했다고 칭찬했다. 기억은 하면 할수록 값어치가 나가는 거라고 했다. 무슨 말인진 몰랐지만 좋은 뜻 같아서 웃음이 났다.

불어오는 바람 냄새가 좋았다. 눈에 보이지도 않는 것이 어찌 이리도 사람 마음을 기쁘게 만드는지 신기했다. 숨을 들이마실 때마다 마치 내 안이 저 들판 색처럼 초록빛으로 물들어 가는 것 같았다.

"오래오래 사세요, 아빠."

선생님이 말했다.

은미는 오후 세 시만 되면 꼭 간식을 내온다. 오늘은 수박과 바나나를 잘라 왔다. 나는 그림 그리던 손을 멈추고 그것을 입에 넣었다. 그러다 손톱이 바짝 깎인 것을 눈치챘다. 나는 깎은 적이 없는데 언제 이리도 짧아진 걸까. 늙으면 손톱도 자라지 않는 걸까.

  생각했다. 생각하고 또 생각했다. 하지만 생각나지 않았다. 나는 생각하기를 멈추고 수박 하나를 더 집어 들었다. 입에 넣으려고 보니 아직 씹고 있던 게 남아 있었다. 열심히 턱을 움직였다. 그런데 아무리 열심히 씹어 봐도 내용물이 줄어들지 않았다. 바닥에 퉤하고 뱉어 봤다. 침 범벅이 된 지우개가 바닥에 떨어졌다. 어쩐지 보이지 않더라니. 나는 침 범벅이 된 지우개를 주워 들고 도화지를 쓱쓱 지워 나갔다.

  나는 침대에 가만히 누워 있고 선생님이 내 옷을 갈아입혀 주신다. 선생님은 앞치마 차림이다. 앞치마 앞에 명찰이 눈에 띈다. 어떻게 읽는지 몰라서 선생님께 물어본다. 선생님이 말씀하신다.

  "규연이요. 김, 규, 연."

  "규연."

"네. 김, 규, 연."

"김, 규, 연······."

어디서 많이 들어 본 이름이라고 했더니 선생님이 웃으신다.

"당연하죠. 오래 봤으니까요."

"아니, 아니. 그게 아니라······."

나는 말을 조리 있게 하기 위해 머릿속으로 단어를 정리한다.

"내 딸 이름이랑 같은데. 내 딸도 김규연······."

"그래요?"

"응······."

"어르신 성함이 어떻게 되시는데요?"

"손병주······."

선생님은 고개를 흔드신다.

"어르신이 손병주면 어떻게 따님 이름이 김규연이겠어요?"

옷을 전부 갈아입힌 선생님이 방을 나가신다.

나는 방에 혼자 남아 선생님이 하신 말을 생각한다.

내가 손병주인 게 틀린 걸까, 아니면 내 딸이 김규연인 게 틀린 걸까.

열심히 생각해 본다.

✦✧

밤중에 창밖에서 이런 소리가 들렸다.

"나리야, 나리야."

어린 꼬마 아이의 목소리였다. 키우던 개나 고양이를 잃어버린 게 아닐까 하고 생각했다. 아이의 목소리는 계속해서 들려왔다.

"나리야, 나리야."

어떻게 도움이 될까 싶어 방을 나갔다. 아이는 가로등 불빛 아래에 홀로 앉아 있었다. 울고 있는지 무릎 사이에 얼굴을 묻고 있었다. 다가가서 물어보았다.

"얘야, 무얼 찾고 있니?"

그러자 아이가 말했다.

"강아지요. 우리 집 뒤뜰에 묶어 키우던 강아지가 사라졌어요."

"저런, 상심이 크겠구나. 이 할애비가 같이 찾아 줄게. 어서 일어나렴."

그제야 아이는 기운을 차리고 고개를 들었다. 그리고

앗, 하고 소리쳤다.

"나리! 어딜 갔었어! 내가 얼마나 찾았는지 알아?"

아이가 나를 보고 말했다.

"자, 집에 가자, 어서."

아이가 축축한 손으로 내 팔을 잡아당겼다.

"나리라고?"

"그래, 나리."

아아, 내가 나리였구나.

그제야 깨달았다.

그리고 군말 없이 아이를 따라갔다.

선생님에게 글씨를 배우고 있다. 선생님은 글씨를 잘 가르치신다. 내가 연필로 글씨를 쓰면 선생님은 내 옆에 앉아 조목조목 단어를 뜯어본다. 보통 때는 다른 말 없이 수업만 하시는데 오늘은 웬일인지 말장난도 치신다.

"어르신, 오늘은 저보고 예쁘다는 말 안 해 주시네요?"

나는 연필을 꾹꾹 눌러쓰며 웃었다.

"예쁘지, 예뻐."

"정말요?"

"그럼."

"제가 예뻐요, 아니면 사모님이 예뻐요?"

"은미는 죽었어."

"사모님이 왜 죽어요. 댁에 계시잖아요."

나는 고개를 절레절레 흔들었다.

"벌써 오래전에 죽고 없어. 막내딸 낳다가 그만 같이 가 버렸어."

"정말요?"

"그럼."

"네가 죽인 게 아니고?"

깜짝 놀라 고개를 들었다.

하얀 방에 나 혼자 있었다.

메모장에 쓰여 있던 말.

1. 어제 반찬은 고등어.

2. 손주 이름은 신성욱 그리고 신일욱.

3. 사 더하기 이는 육.

4. 비가 오면 우산을 쓴다.

5. 끊기 전엔 꼭 사랑한다고 말해 주기.

 방에 누워 있는데 방문을 열고 남자가 들어왔다. 안경을 썼다. 안경알 너머로 뱀눈이 번뜩였다. 나는 긴장했다. 몸을 웅크리고 공격에 대비했다. 그러자 옆에 있던 은미가 타이르듯 속삭였다. "괜찮아요, 선생님이에요."
 그러거나 말거나 나는 소리를 질렀다.
 세상에서 주사가 제일 무섭다.
 나이를 먹을수록 겁이 많아진다.

 내가 가만히 누워 있는 동안에도 세상은 바쁘게 돌아간다. 해가 뜨고 지고, 바람이 불고 눈이 온다. 선생님들은 하루에도 몇 번씩 내 옷을 갈아입혀 주신다. 이불보를 정리해 주신다. 나는 그 모습을 눈으로 좇을 수밖에 없다. 몸이 움직여 주지 않기 때문이다.
 나이가 들면 몸이 불편해지는 건 어쩔 수 없다. 그것이 자연의 섭리이다. 하지만 치매 환자에겐 이보다 더 당혹스러운 일이 있을까 싶다. 하루아침에 몸을 잃게 된 소년의 마음을 어느 누가 이해할 수 있으랴. 정욕을 빼앗긴 새신랑의 마음을 그 누가 이해할 수 있으랴.

아무도 모른다. 치매 환자가 얼마나 힘든지.

누워 있다고 다 편한 것은 아니다.

하루는 선생님 손에 반지가 끼워져 있는 것을 발견했다. 아무리 봐도 눈에 익은 것이었다. 나는 말할까 말까 한참을 고민했다. 망신당하기가 무서웠기 때문이다. 그래도 나는 용기를 냈다. 선생님께 어디서 주운 반지냐고 물어봤다. 그러자 선생님은 반지를 지그시 쳐다보시며 이렇게 말씀하셨다.

"이 반지, 기억하세요?"

"그럼요, 하지요."

나는 대답했다.

"내가 아내에게 해 준 유일한 패물이었지요."

"그게 언제였어요?"

"글쎄, 결혼할 때니까 아마 사십 년도 더 된 일일 거요."

"우와, 오래되셨네요."

"오래되긴 했지. 내 나이도 벌써 팔십이 넘었으니."

"아내 분이 좋아하셨어요?"

"좋아했다마다. 그 당시엔 변변찮은 살림살이에 패물을 가진 집도 얼마 없었거든."

"그걸 다 기억하세요?"

"내 다른 건 몰라도 집사람 일은 다 기억하고 있다우."

그러자 선생님은 느닷없이 눈물을 흘리셨다.

"왜, 왜 우시오?"

"아무것도 아니에요."

"자, 이걸로 닦아요."

티슈를 뜯어 선생님께 드렸다. 선생님은 티슈를 받아들고서도 한참을 우셨다.

"죄송해요. 이따가 다시 올게요."

선생님은 그렇게 말씀하시고 방을 나갔다. 내가 또 뭔가 실수를 한 걸까. 마음이 불편했다.

요즘 통 정 계장의 모습이 보이지 않는다. 은미에게 물었더니 아주 뜻밖이라는 얼굴로 나를 쳐다본다.

"정 계장님이요? 그 면사무소에서 일하셨다는 분?"

"그래, 내 친구 정 계장 말이야."

"그분이 왜요?"

"그냥, 무슨 일이 생겼나 싶어서. 하루가 멀다 하고 찾아오던 양반이 갑자기 발길이 끊기니까."

"그분은 벌써 돌아가셨잖아요?"

"이 사람아, 정 계장이 죽긴 왜 죽나."

"며칠 전에 산에도 같이 다녀왔잖아요. 당신이 직접 장지까지 모셨잖아요."

"어허, 이 사람이 그래도! 자리에 없다고 사람 흉을 그렇게 보나? 내가 죽고 나서도 그럴래?"

크게 호통치자 은미는 그제야 미안한 듯 입을 다물었다.

세상에서 제일 나쁜 사람이 없는 자리에서 남을 헐뜯는 사람이다. 곱게 늙어야 할 텐데. 사람이 어쩌다 저리 변했을까.

✦✧

"여봐, 몸은 좀 괜찮은가?"

목소리가 들리기에 눈을 뜨니 머리맡에 정 계장이 서 있었다. 반가움에 얼른 몸을 일으키려고 했지만 몸이 말을 듣지 않았다.

"됐네, 됐어. 가만히 누워 계시게."

정 계장이 가볍게 내 가슴을 눌렀다.

"이 사람아, 어쩌다 이 지경이 된 거야. 얼마 전까지만 해도 멀쩡하던 사람이."

그 말에 나도 모르게 웃음이 났다.

"늙으면 별수 있겠는가? 이제 슬슬 저 위쪽에서 오라고 난리를 치는 모양이야."

"그것도 옛말이지. 요즘 세상엔 우리도 젊은 축에 속한다고."

"어느 누가 팔십 먹은 노인을 젊다고 말해 준단 말인가."

"으하하하. 그건 또 그것대로 맞는 말이구만."

잠시 방 안은 웃음소리로 가득 찼다.

"그나저나 뭐 하느라 코빼기도 보이지 않았어?"

나는 물어보았다.

"뭐, 나도 이래저래 몸이 불편해서 쉬고 있던 참이었지."

"이 사람아, 그래도 연락은 했어야지."

"연락하면 뭐 하는가. 자네가 받을 줄을 모르는데."

"아 내가 모르면 집사람이라도 받아서 줬겠지."

"허허, 사람 참, 또 이러네."

"또 이러다니? 뭐가?"

"자네 집사람 말일세. 벌써 죽고 없는 사람을 왜 자꾸 찾나 모르겠어."

정 계장이 팔짱을 끼고 말했다.

나는 인상을 찌푸렸다.

"이 사람아, 우리 집사람이 없긴 왜 없어. 오늘 아침까지만 해도 같이 마주 보고 밥을 먹었는데."

"그 정신머리는 여전하구먼, 그래. 여보게, 자네 마누라는 벌써 가고 없지. 막내 딸내미를 낳다가 그만 요절하지 않았나."

"허허, 이 사람이 또 실없이 농을 하고 앉았네. 여보게, 내 재미난 이야기 하나 들려줄까? 며칠 전엔 말이야, 우리 집사람이 똑같은 얘길 하더군. 자네 모습이 보이지 않는다고 했더니만 벌써 죽고 없다는 거야. 죽어서 땅에 묻혔다고 말일세. 자, 그런데 오늘 자네가 나를 찾아왔지. 죽어서 땅에 묻혔다고 한 사람이 멀쩡히 살아서 이곳에 서 있단 말일세. 그렇다면 누구 말이 맞는 거지? 나에게 정 계장이 죽었다고 말한 사람이 죽은 사람일까? 아니면 내 마누라가 죽었다고 말한 사람이 죽은 사람일까?"

"아 당연히 내 말이 맞지! 나는 지금 자네 눈앞에 멀쩡히 살아 있지 않은가."

정 계장은 답답하다는 얼굴로 나를 쳐다봤다.

나는 고개를 절레절레 흔들었다.

"치매에 걸리면 말일세. 눈앞에 있는 것도 믿을 수가 없어. 그렇다고 보이지 않는 것도 믿을 수가 없지."

"이 사람 또 시작이네. 그럼 멀쩡히 살아 있는 사람을 죽일 셈인가?"

"아니, 그렇지 않아."

"그럼 대체 뭔가? 누구 말을 믿겠다는 거지?"

"나는 누구 말도 믿지 않겠네."

"뭐라?"

"누구의 말도 믿지 않겠다고 했네. 난 말이야, 두 사람 다 살아 있다고 믿을 걸세. 내 집사람과 친구, 이렇게 버젓이 살아 있는데 어찌 죽었다고 생각할 수 있겠는가?"

그러자 정 계장은 못마땅한 듯 콧김을 내뿜었다.

"여봐, 그건 사실이 아니야. 사실을 믿지 않는 건 추태나 다름없어."

"추태라고 해도 뭐 어쩌겠나. 내가 그렇게 믿고 싶은 것을."

"흠."

"정 계장, 사람은 말이야, 사람은, 누구나 저 믿고 싶은 대로 믿고 사는 존재라네. 보고 싶은 것만 보고, 듣고 싶은 것만 듣고 살지. 그렇지 않으면 제대로 살아갈 수가 없거든. 누구나 그렇다네, 누구나."

"이 사람, 골병 난 주제에 그 조동아리는 아직 팔팔하구먼, 그래."

"아 내가 이 조동아리 빼면 뭐가 남겠는가? 그야말로 시체지, 시체야."

"으하하하하."

우리는 폐가 아플 만큼 웃어 댔다.

오랜만에 만났어도 친한 친구끼리는 금세 웃음을 되찾는 법이다.

의사가 내 몸을 진찰한다. 이제는 정말 갈 때가 되었는지 진찰하는데도 시간이 별로 들지 않는다.

"저기, 의사 양반."

나는 있는 힘을 다해 가려는 의사를 붙잡았다. 의사가 친절한 얼굴로 돌아봤다.

"나 좀 죽여 줄 수 없겠소?"

"그게 무슨 말씀이세요, 어르신……."

"죽고 싶은데, 내 아무리 해도 죽어지질 않네. 어서 가서 은미를 만나고 싶소. 이렇게 부탁함세."

나는 깡마른 손으로 싹싹 빌었다.

의사는 난감하다는 듯한 얼굴로 내 옆에 와 섰다.

"그렇게 죽고 싶으세요?"

"그럼."

"후회 안 할 자신 있으세요?"

"아 그렇다니까."

"그럼, 눈 감으세요."

의사의 말에 옳거니, 눈을 감았다. 감자마자 울대에 압박이 느껴졌다. 누르는 힘이 보통이 아니었다. 과연 명의다 싶었다.

온몸이 휴지처럼 가벼워지는 기분이었다. 등과 허리에

느껴지던 이물감이 사라지고, 발끝에 남아 있던 냉기도 사라졌다. 목은 눌리는데 이상하게 내 몸은 두둥실 떠오르고 있었다. 하늘 위로 올라가고 있었다.

성재 엄마, 조금만 기다리시게. 내 금방 보러 감세.

병원에 오는 사람마다 날 기억하냐고 묻는다. 꼭 세 살배기 어린애를 대하는 것 같다. 생각나는 대로 답해 주면 꼭 저들끼리 피식피식하고 웃는다. 민망하고 기분이 나쁘다. 예전에는 나도 성격이 불같아서 소리를 지르곤 했는데 이제는 그럴 힘조차 남아 있지 않다. 그저 듣고만 있다. 내 신세가 하도 쪼물딱거려서 너덜너덜해진 노리개처럼 느껴진다.

젊었을 땐 내가 못 배워서 그런지 교양이 참 중요하다고 생각했었는데 다 늙어서 보니 꼭 그런 것만도 아닌 모양이다. 머릿속엔 이제까지 듣고 배운 모든 구절이 사라지고, 대신 구슬픈 노랫가락만이 하나 남아 있다. 임희숙의 〈내 하나의 사람은 가고〉. 이 얼마나 가슴을 후벼 파는 노랫말인가.

너를 보내는 들판에 마른 바람이 슬프고
내가 돌아선 하늘엔 살빛 낮달이 슬퍼라
오래도록 잊었던 눈물이 솟고
등이 휠 것 같은 삶의 무게여
가거라 사람아
세월을 따라
모두가 걸어가는 쓸쓸한 그 길로
이젠 그 누가 있어 이 외로움 견디며 살까
이젠 그 누가 있어 이 가슴 지키며 살까
아 저 하늘의 구름이나 될까
너 있는 그 먼 땅을 찾아 나설까
사람아 사람아
내 하나의 사람아
이 늦은 참회를 너는 아는지

모르는 게 있어서 물어보면 사람들은 꼭 몇 초씩 생각하고 대답을 한다. 자기 이름 말하는 것이 이리도 어려운 문제인가. 마치 나를 위한 해답을 찾는 사람처럼 보이지 않는가. 그게 참 기분이 나쁘다.

 정 계장은 이미 죽었다.
 그 사실은 변하지 않는다.
 왜 내가 사랑하는 사람들은 죄다 단명하는 걸까.

 죽음이 다가오는 기분은 죽음이 다가온 사람들만 느낄 수 있는 특권이다. 내 인생의 마지막도 이제 곧 다가온다. 저 모퉁이만 돌면 끝이다. 손을 뻗으면, 바로 거기서 만져질 것이다.
 죽음을 앞에 둔 사람은 어떻게 행동해야 좋을까. 울고불고 난리를 피우나? 아니면 담담히 운명을 받아들여야 하나?

은미에게 물어보니 막상 눈앞에 닥치면 아무 생각도 들지 않는다고 한다. 그곳엔 슬픔도, 후회도 없다. 오직 수긍하는 마음뿐이다. 그러니 걱정할 것 없다고 말한다.

은미는 꼭 죽어 본 사람처럼 말한다. 죽음은 죽어 본 사람만 알기 때문에 산 사람은 정말로 그런지 알 방도가 없다. 그 말이 진짠지 가짠지는 죽어 본 다음에야 알 수가 있다. 그러니 저렇게 말할 수 있는 거다. 죽은 다음에는 산 사람과 두 번 다시 만날 일이 없기 때문에, 그러니 저렇게 말할 수 있는 거다.

사람들은 저마다 죽을 때 꼭 한 가지씩 후회를 떠올린다고 한다. 그중 가장 많이 하는 후회가 바로 자신의 감정을 솔직하게 표현하지 못한 점이다. 상처받을까 봐, 미움받을까 봐, 싸우기 싫어서, 말하기 싫어서 어물쩍 넘어간 것이 죽을 때가 돼서야 비로소 눈앞에 아른거리는 것이다.

치매에 걸려서 좋은 점은 바로 그런 후회가 떠오르지 않는다는 것이다.

반대로 치매에 걸려서 나쁜 점은 죽어서 가져갈 추억 하나 없다는 것이다.

그런 점에서 치매란 참으로 극단적인 병이라는 생각이 든다.

덥다. 무척이나 덥다. 온몸이 푹푹 찌는 기분이다.
누가 날 욕실로 좀 데려가 줬으면 싶다.
차가운 욕실 바닥에 누워 있고 싶다.
그곳에서 차가운 사과 한 점을 베어 물고 싶다.
그러면 참 기분이 좋아질 것 같은데.
여보쇼, 거기 아무도 없소?

너무나 귀해서 허투루 꺼내 보지도 못했던 소중한 무언가가 어느 날 보니 한순간에 홀랑 사라져 버린 듯한 기분이 든다. 그게 뭘까. 뭐였을까. 아무리 생각해도 떠오르지 않는다.

   한밤중에 찾아온 우리 어매, 제대로 대접도 못해 드리고 보내드렸네.
   열심히 산다고 살았거늘, 우리 어매 술 한잔 따라 줄 형편도 안 되는 갑네.
   참 형편없이 살았소.
   미안합니다.
   이 불효자를 그만 용서하시오.

생각하는 게 점점 힘이 든다.
사고가 점점 짧아진다.

나는 손병주입니다.

나는 천천히 걷는 것을 좋아합니다.
나는 정돈된 것을 좋아하고, 목욕을 좋아합니다.
참! 고맙습니다.

✦✧

 점심을 먹은 직후, 한 노파 하나가 병실로 뛰쳐 들어왔다. 허연 머리를 산발해서 꼭 귀신처럼 보이는 노인이었다. 노인은 울어서 팅팅 부은 눈으로 병실 안을 두리번거리더니 다급한 목소리로 이렇게 말했다.
"사, 사냥꾼이 쫓아오고 있어요! 제발 저 좀 숨겨 주세요!"
 입은 옷은 더럽고 맨발 차림이었다. 한눈에 봐도 정상이 아님을 알 수 있었다.
 노파는 사정하듯 매달렸다.
"부탁드립니다. 저 좀 살려 주세요."
 나는 하는 수 없이 노파가 침대 뒤로 숨는 걸 도와주었다. 잠시 후, 병실로 의사와 간호사가 찾아왔다.
"혹시 여기 할머니 한 분 안 오셨어요?"
"할머니? 그게 누구요?"

나는 시치미를 뗐다.

"아무도 안 왔다고요?"

"여기 올 사람이 누가 있소. 자식도 안 찾아 주는 마당에."

내 연기가 통한 건지 의사와 간호사는 뚱한 표정으로 병실을 나갔다.

"고맙습니다. 정말 고맙습니다."

노파가 연거푸 고개를 숙였다.

나는 별거 아니라는 듯 머리를 받치고 누워 이렇게 대답했다.

"숨겨 주는 거야 어려운 일 아니지만, 보쇼, 그렇게 도망만 다닐 바엔 진짜 사슴 행세를 해 보는 건 어떻소? 그러면 놈들도 분간하지 못할 텐데."

그러자 노파는 그거야말로 좋은 생각이라는 듯 고개를 끄덕이더니 네 발로 껑충껑충 병실을 뛰어나갔다.

나는 헤엄을 못 치기 때문에 물에 빠지는 일이 세상 무엇보다도 무섭다. 언젠가 서울에서 한강을 처음 보았을 때, 멀쩡히 육지에 서 있으면서도 자칫 잘못하면 저 넓은 강에 발을 빠뜨릴 것만 같은 공포감에 몸을 떨곤 했었다. 병원 안의 작은 연못을 바라보는 지금도 그때와 비슷한 심정이다. 아무리 기억을 잃었어도 본능만은 어쩌지 못하는 걸까. 그렇다는 건, 나는 아직까지 이 삶에 미련을 두고 있다는 말일까.

"빵이 목장에 간 이유가 뭔지 아는가?"
내가 묻자 은미는 잠시 생각한 다음 대답했다.
"우유 마시러?"
"땡."
나는 답을 말해 주었다.
"정답은 소보로."
은미가 쿡쿡쿡 웃음을 흘렸다.
"자, 그러면 새를 가장 무서워하는 곳이 어딘지 알겠는가?"
은미는 잠시 생각한 다음 고개를 흔들었다.
"음, 모르겠네요."

"정답은 세무서."

이번에도 은미는 웃음을 터뜨렸다.

웃으면서 목을 매만진다.

붉게 물들인 머리가 햇빛을 받아 반짝거린다.

가끔은 놀랍도록 정신이 또렷해진다.

은미와 사별한 사실도, 지금이 봄이라는 사실도 나는 안다.

이곳은 집이 아니라 병원이고, 이곳에 칠 년 넘게 살고 있다는 사실도 나는 알고 있다.

간병인을 은미라고 부르는 것도, 의사 선생님을 도깨비처럼 생각한다는 것도 빠짐없이 기억하고 있다.

자식들의 발길이 뜸하다는 것도, 그마저도 기억하지 못해 제대로 이름조차 부르지 못했다는 사실도 나는 충분히 자각하고 있다.

치매에 걸리고 처음 몇 년은 어떻게든 기억하려고 아등바등했었는데, 이제는 오히려 잊는 편이 더 나은 것 같다는 생각이 든다.

사는 게 너무 무섭기 때문이다.

죽음도 그 못지않게 두렵다.

어이, 내 말 들리는가?
"그래, 여기서 다 듣고 있네."
나는 이만 가려고 하네.
"벌써? 뭘 그리 서둘러 가는가."
이 정도면 됐지, 뭘. 살 만큼 살았어.
"아쉽지 않은가?"
아쉽지만 뭐 어쩌겠는가. 다들 이렇게 살다 가는 것을.
"그곳에선 평안하길 빌겠네. 먹고 싶은 거 먹고, 구경하고 싶은 거 원 없이 구경하며 살라고."
자네를 다시 만날 수 있을까?
"아, 그럼, 물론이지. 그곳에선 쭈그렁한 모습 말고 때깔 좋게 해서 만나자고."

허허, 사람 참. 욕심하고는.

"으하하하하하."

자, 그럼 또 봅세.

"그래, 조심히 가시게."

두렵다.

두렵다.

두렵다.

두려워서 미칠 것 같다.

두려움을 잊기 위해 머릿속으로 뭔가 좋은 기억을 떠올려본다.

눈꺼풀 안쪽에서 어린 둘째 놈이 고추를 내놓고 거실을 방방 뛰어다닌다.

비 내리는 밤, 버스 정류장에 은미와 나란히 앉아 있다. 손을 꼭 붙잡고 아무것도 없는 빈 도로를 가만히 바라보고 있다. 은미는 내 오른쪽 어깨에 머리를 기댄 모습이다. 숨을 내쉴 때마다 하얀 김이 모락모락 피어오른다. 우리는 아무 말도 없다. 그저 같은 지점을 바라보고 있을 뿐이다. 추적추적 빗소리만 들려오고 있다.

저 멀리서 버스가 다가온다. 불빛이 젖은 바닥을 비춘다. 우리 앞에 멈춰 서서 문을 개방한다. 우리는 반응하지 않는다. 잡은 손을 부드럽게 고쳐 잡는다. 이윽고 버스는 다시 길을 떠난다. 엔진 소리가 사라지고 풍경에 다시 빗소리가 섞여 든다.

우리는 언제까지고 그곳에 앉아 있다.

방금 그 모습은 진짜였을까.
아니면 내 머리가 멋대로 만들어 낸 허상이었을까.
아름다운 이야기기에 가능하면 진짜라고 믿고 싶다.

디멘시아문학상 수상 작품

그리운 기억, 남겨진 사랑: 첫 번째 이야기
양승복, 이아영, 천정은, 염성연, 이동소, 이태린 지음

제5회·제7회 수기 부문 수상작

서른넷 딸, 여든둘 아빠와 엉망진창 이별을 시작하다
김희연 지음

제7회 수기 부문 우수상 수상작

레테의 사람들
민혜 지음

제5회 소설 부문 대상 수상작

소금꽃 질 즈음
장훈성 지음

제5회 소설 부문 최우수상 수상작

과거의 굴레
김영숙 지음

제5회 소설 부문 우수상 수상작

피안의 어머니
조열태 지음

2020년 세종도서 선정

제3회 소설 부문 최우수상 수상작

섬
이정수 지음

제1회 소설 부문 최우수상 수상작

스페이스 멍키의 똥
박태인 지음

제1회 소설 부문 대상 수상작

디멘시아문학상은 치매에 대한 사회의 부정적 인식과 편견을 바로잡고, 치매 환자와 가족들의 이야기를 문학적으로 승화시키는 소중한 기회를 제공하고자 2017년 시작한 치매 관련 문학 공모전입니다.